思念未歸。

凝微 著

推薦序

有一種思念，是能跨越生與死的，
有一種情感，是能超越冰與火的；
有一種作者，
是能在雋永清輕的文字中，渲染出無限餘韻的。

這是我在凝微的文字中體會到的，最動心的感覺——
那些彷彿註定好的一切，其實只留給懂得珍惜的人；也唯有懂得珍惜的人，才能遇見愛情裡最摯真而純粹的美好。

人氣網路小說作者　東燁

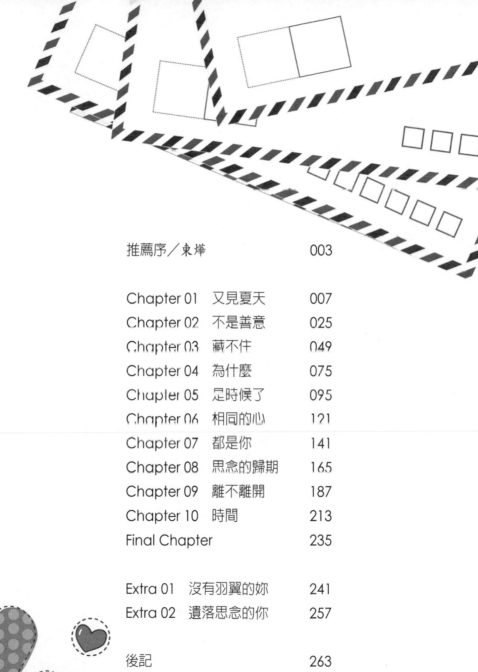

當你未歸，思念，也未歸。

「只有想著他的時候，才讓我覺得自己是完整的。」

下一秒，他的瞳孔蕩漾叛逆的流光，「不用忘記他。總有一天，我會讓妳只能想著我。」

當故事沒有了你的那一天，這份思念，便永遠都不會停止。
當時間帶走了感動，感動帶走了記憶，記憶，也帶走了我的你。
當不能確定有多想你，正如你未知的歸期，同樣讓人迷失。
當我未曾釐清思念的定義，期望一步步解開謎題時……

我才發覺，原來所謂思念，就是，你的輪廓。

Chapter 01　又見夏天

「夏天還沒結束喔！」

他的溫柔依舊，但她噙著滿眶淚水。蹲在小女孩身前，少年的雙眼瞇成了彎月，目光轉淡，掌心飽暖。

「你一走，夏天就會結束了……」

這一刻，他只能給她笑容，「所以，未央，妳要像豔陽一樣繼續散發光芒。」

夏天到了。

閉上眼，她還能感受那年的溫度，和陽光曬過空氣的輕鳴。

那個人和她，都曾經好好地活過像那樣的夏天。

但是，她不常想起他。

這麼多年來，那個人的模樣，她也早就不是記得很清楚了。只是，在望見和過往相似的場景時，總是會被勾起一些零碎的記憶。

「我喜歡你！」

女孩睜開眼，濃密的眉睫無聲翹起。

她離開走廊，身姿輕盈地步下階梯。途中，很多人盯著她看，卻沒有一個敢上前搭話。

……似乎是個熟悉的聲音。

她愣一下，轉頭望向站在樓梯間的兩個人。

一個是她的好朋友，吳宛琪。

一個是系學會的公關長，江聿諾。

她沒看錯。現在的情況是，宛琪正在向暗戀已久的江聿諾告白。

「我知道。」

江聿諾眼中蕩漾的狡黠流光，讓他俊秀的外貌增添幾分桀敖不馴的氣息。他的唇角輕輕勾起，淺得不留痕跡，像在挑動對方忐忑的情緒。

「咦？」宛琪抬眼看他。

「妳表現得很明顯啊。」他的笑帶了幾分隨性，卻仍讓宛琪看得目不轉睛。

女孩靜靜地望著那兩人，對接下來的發展其實已經有了底。

「真、真的嗎？」宛琪慌亂地害羞起來，「那——」

「但是，」江聿諾的聲音變得深沉，像一陣淒冷的風，狠狠刮進宛琪心頭，「妳喜歡我什麼？」

宛琪被他的冷漠震懾，好一會兒才說：「你開朗，對所有人都很好。就連我這種不起眼的女生，你也願意跟我說話。」

瞅了她微胖的身材一眼，江聿諾思索幾秒，再度揚笑。

「除去開朗這一點，妳還會喜歡我？正因為對所有人都很好，這樣的我才顯得虛偽，不是嗎？妳喜歡我的表象，卻沒有真正了解我。這麼膚淺的喜歡，不如不要，我們都會比較輕鬆。」

他的拒絕之意，連天性單純的宛琪都聽得出來。她傷心地安靜下來，一秒、兩秒、三秒……

當夏日的風擾得女孩輕輕闔眼時，眼前的宛琪已經頭也不回地衝下階梯。她注視宛琪離去的方向，那位狠狠地拒絕別人的男孩一抬眼便看見了她。

他們對上視線。

江聿諾認出女孩的身分。應該說，這個學校沒有人不知道她。

空靈的眼神，彷彿什麼也不在乎。冰山美人，每一個人都是這麼說她的。

沒有注視對方太久，女孩輕快地離開。不一會兒，他也跟著離去，態度從容，像是什麼事也沒發生過。

宛琪失戀了，晚上在宿舍抱著兩位好友大哭一場。個性直爽的京雅，還氣憤地罵了江聿諾好幾句髒話。

不小心撞見告白場面的女孩，什麼話也沒說，給了宛琪一個深深的擁抱。

「宛琪！妳不用理江聿諾那種人！」京雅還在罵，「我早就聽說他對告白的女生都很惡劣，才正想勸妳的，沒想到妳還是……」

「可是我還是很喜歡他嘛！」宛琪邊哭邊說。

京雅沒輒，只好轉頭看女孩，「未央，妳也幫我說說她。」

「宛琪真的很喜歡他，說什麼都沒用吧！」

是、是沒錯啦……

京雅嘆氣。未央這傢伙，該說她性情冷嗎？但她平時明明很可愛，今天怎麼特別冷漠？

「未央、京雅……」宛琪又開始掉淚，「我真的好難過，但是又很喜歡他，怎麼辦？」

「唉，只能說妳沒救了。」京雅無奈地說。

深陷愛情的人，每一道傷痕都不會輕易痊癒。

隔天中午，未央拿錢包走近班上的學藝。一見來人是未央，他立刻對她揚起靦腆的笑。

「來繳書錢嗎？」是男人都會熱切地問她。

未央輕輕抬頭，將錢交給他之後，什麼話也沒說。

見對方一點也不搭理，學藝把熱情的笑容收回來。一旁的友人拍他的肩膀，嘲弄地說：

「別傻了，夏未央從來不跟男生說話。」

「我知道啦！」

所有人都知道。她很漂亮，氣質出眾，但是，她從來不跟異性說話。不驕傲，也不難相處，卻讓所有男性望之卻步，這就是夏未央。

回到座位，未央整理好背包，在京雅疑惑的注視下，開口解釋：

「京雅，我今天有事要去系辦，妳跟宛琪先回去吧。」

「咦？好吧！那要順便幫妳買午餐嗎？」

聽了，未央漾起甜美的笑，「不用了，謝謝。」

京雅忍不住喃喃自語：「未央真是禍水啊！如果我是男的，大概也會暗戀她。」

「妳在說什麼蠢話？」宛琪笑了起來，「走啦！回宿舍。」

未央走進管理學院。推開門，身為系辦工讀生的江聿諾果然在那裡。

她揚起一弧輕淺笑痕。

「同學，有什麼事……咦？」看見是她，江聿諾愣了一下。

「能幫我印兩性講座的報名表嗎？」她笑。

「好。」

江聿諾下意識答應。但他轉身操作印表機時，卻猛然想起一件事！

她不是……從來不跟男生說話？

「怎麼了嗎？」未央的笑容不減。

江聿諾也不曉得該說什麼，轉身繼續幫她印東西。開了印表機，他俐落地在電腦前坐下。途中，未央輕輕走近他，看似不經意地湊向電腦螢幕。

清甜芳香，溫柔地自江聿諾的鼻尖穿過。他愣了一下，彷彿能感受到身後女孩的呼吸。他很不習慣，一向不接近異性的夏未央，居然靠他靠得那麼近。

難道今天這朵桃花是霸王級的嗎？

「不印嗎？」

江聿諾從茫茫思緒中清醒，轉頭看她，「喔，要印了。」

「好。」

望著她的笑容，江聿諾不得不承認自己也是視覺動物。只是，他對夏未央接近的動機仍舊存疑。她總不會跟那些女人一樣喜歡他吧？

心不在焉地將報名表列印好，江聿諾把紙給她，便走回自己的座位。

未央卻叫住他，「江聿諾。」

他抬眼，銳利的明瞳閃過一絲詫異。

「聽說，每節下課你都會被女生纏住。」

她說起這件事，讓一向聰穎的江聿諾完全摸不著頭緒。

「所以……」

「所以我來這裡找你。」

這一刻，江聿諾還以為他聽錯了。直到他望向她，他才在那一潭清澈的湖水中，看見無意間亂了方寸的自己。

她的坦白，讓他不知所措。

「妳想說什麼？」

下一秒，未央彎起多情的雙眸，「你真的不知道嗎？」

她的神色看起來那麼篤定，像是覺得江聿諾已經知道這個祕密。

江聿諾沒有回答，凝視她的目光變得深沉。

「我不想說得那麼清楚，不過……」她的樣子有點害羞，「我注意你一段時間了。身為公關長，你非常耀眼。你對所有人都很好，連不起眼的女孩也不例外。我，欣賞你這一點。」

未央的坦白，讓江聿諾忽然從溫柔中轉醒！

她，也跟那些女人一樣。

沒有分別。

「喜歡我的表象，妳覺得好嗎？」

「什麼意思？」

「妳根本不了解我這個人，為什麼會對我有好感？我對所有人都很好，這個特質有這麼吸引妳？」

他一連串的疑問讓她驚訝。她丟失笑容，雙瞳變得晦暗。

「意思是，你覺得我膚淺？」

江聿諾更冷漠了，「差不多是這個意思。」

他沒有溫度的話語是利刃，能輕易劃破一個女孩對愛情的想望。溫柔的勇氣，從她的瞳孔漸漸流失。

她傷心地安靜下來，一秒，兩秒，三秒……

「……是嗎？」

她美麗的雙瞳燃起陌生的火焰。狂烈，卻冰冷，像是無情的豔花。

他被那一秒的綻放震懾，忘了呼吸。

「別忘了，你也是個膚淺的男人。」她說。

江聿諾一愣，不明白她的轉變。

「我以為你有什麼難言之隱，才總是對那些女生那麼惡劣。但現在明白了，原來你也一樣膚淺，沒有資格說她們。」

「我不是也拒絕妳了嗎？」

「那麼，你敢說自己剛才都沒有心動？」

聽了，他下意識勾起嘴角。

說實話，他被夏未央的外表影響了，在看見她的那幾秒就是如此。

他不敢說完全不在意外貌，但被罵得這麼直接還是頭一遭。

「所以妳只是在測試我？」他挑眉。

他並不生氣，反倒對這個女孩有了一點興趣。

「當然。」

走過江聿諾身邊，未央輕盈的髮絲撞上他臂膀，讓他久久不曾躁動的心湖起了波瀾。

「我討厭男生。」她輕笑。

那個女孩，一下子就從他眼前離開了。

江聿諾靜靜凝視她離去的方向。

擾人的炙熱，在他黯無光澤的瞳底，逐漸點燃一股從未有過的戰鬥力。

「高嶺之花……原來一點也不冰冷，是嗎？」

他揚起熟悉的微笑。幾分銳利，幾分不馴，幾分閃耀的自信。

——夏天還沒結束喔！未央，妳要像豔陽一樣繼續散發光芒。

愣了一下，誰的溫柔隨著陽光灑落，墜在她枯槁已久的心房。

她停下替小仙人掌澆水的動作，轉而望向窗外的天空。

她偶爾會思念的，那個他……

在世界的另一端過得好嗎？

為什麼還是不肯給自己半點消息？

夏未央這個名字……

應該早就被他遺忘了吧？

放下水杯，未央走出房間，剛好和正在打掃的媽媽對上眼。

「媽，我來幫妳。」

「不用了！妳難得回來，好好休息一下。明天早上又要回宿舍了不是嗎？」

「就是難得回來一趟，所以才想幫忙。」她拿起放在桌上的抹布，輕輕一笑，「家裡沒男生，我多幫忙一些也沒關係啊！」

聽見這話，媽媽幾不可見地斂下眸，「未央，妳還是不把他當作……」

「媽，別說了。」打開水龍頭，未央讓水聲掩去難解的思緒，「我不想談論那種人的事情。」

媽媽擔憂地凝視女兒的背影。她喜歡女兒獨立的個性，卻也擔心她的好強會害了自己。

要是那個人還在就好了。只要他在，未央就會顯露脆弱的一面。

「未央。」媽媽喚她。

「怎麼了？」

「程頤那孩子……現在怎麼樣了？」

聽見熟悉的名字，記憶像是被掀開一樣。

可是，明明是那麼重要的人，她記得的細節卻不多。

時間久了，真的會丟失回憶嗎？

「還是聯絡不上他。我想，他應該是在躲我吧。」

她不知道。

「為什麼要躲妳？」媽媽不能理解，「他這麼疼妳，還把妳當親妹妹看待，不是嗎？」

親妹妹？

才不是。

「人長大還是會變的呀。」

媽媽嘆了口氣，「未央，妳太成熟了。有時候，也像個普通的女孩子任性一點吧？」

「媽，哪有人叫自己女兒學會任性的。」她笑。

「因為妳總是學不會。」

總是學不會任性。這麼活著，會比較幸福嗎？

「好啦！我去打掃廚房了。」丟下這句話，未央留給她一個不想多談的背影。

目前的她，也沒有不幸福啊！媽媽擔心得太多了。

隔天上午，看宛琪頂著一雙哭腫的泡泡眼來學校，一向冷靜的未央也忍不住開口。

「江聿諾根本不值得妳哭。」她說。

「就是說嘛！那傢伙……」京雅在下一秒愣住，「未央，我上次不就叫妳這麼說嗎？那時候妳還嫌說這些沒用。」

「那時候，我還不知道那傢伙是真膚淺還是假膚淺。」

「這麼說，妳現在知道了？」

「他也是個膚淺的人。幾句試探，就知道了。」

「試探？」宛琪追問：「妳有問他什麼嗎？」

「我去系辦找過他。宛琪，雖然我不能分擔妳的痛苦，但我自認幫妳稍微出了一口氣。至少，我讓他不再對自己的拒絕那麼理所當然。」

聽了，平時反應很快的京雅也在這一刻傻住。

「未、未央……不愧是妳，跟我們這些只會在背後罵的人不同。好想看他的表情喔！一定很好笑。」

京雅豪邁大笑，但未央察覺宛琪的表情不對勁。

「宛琪，妳會介意嗎？」未央遲疑。

「不會，但……」她停頓一下，湊過去，「妳有沒有罵他罵得太過分啊？」

京雅簡直要氣炸，「都什麼時候了，妳還在為那傢伙講——」

「等等。」未央突然說。

當她們望向門口，才明白未央打斷話題的原因。

江聿諾就站在教室外。他是來找系會長的，但銳利的目光像在搜尋什麼人。

那一瞬間，他看見了未央。那雙黝黑瞳孔彷彿被她的注視注入力量。

「喂，未央……」京雅好奇地推推她，「江聿諾在看誰啊？」

「好像是我們這邊。」宛琪也很困惑。

未央沒有說話。天氣依然炎熱，她的思緒也不怎麼清明，但是……

當她望入對方的眼，某種認知竟愈來愈清晰。

原來，他的目光就像夏天一樣。

她一向喜歡陽光。那與她喜歡的夏天，非常相似。

那天下課，未央在校園裡走了十多分鐘，漫無目的，卻也達到散心的效果。她不是很專注，自然也沒什麼留意腳下的狀況。

忽然，她踩空階梯，不輕也不重地跌坐下去。

「啊！」

她蹙眉，趁還沒有人看見時站了起來。

她看了看腳踝，雖然沒什麼大礙，但隱約的疼痛還是影響了她。

「……趕快回去好了。」她喃喃自語。京雅在打球，宛琪也還在上課，最快的方法就是自行回去。

「啊！是夏未央耶？」

她聽見某個男生在叫自己。抬頭一看，迎面而來的竟是江聿諾和他的朋友。那個出聲叫她的是江聿諾的死黨，張宇晟。在系會，似乎是活動長的樣子。

「妳要回去了嗎？」

未央沒有回答他，張宇晟才想起來，「對喔！妳不跟男生說話。」

聽了，江聿諾沒多說什麼。應該說，她那天只是想替吳宛琪報仇而已，以後也不會有交集了吧？

「那，妳回去小心。」張宇晟笑著對她說。

輕輕點頭，她繼續往停車場的方向走。

「哎！點頭的樣子真可愛。她如果能跟我說話，那有多好。」張宇晟邊走邊感嘆。

「有什麼好？」江聿諾挑眉。

張宇晟覺得他不解風情，「你這種受歡迎的男人當然不懂。夏未央是極品耶！別說講話了，她要是願意在我身上踩一腳，我都感激涕零。」

見他說得誇張，江聿諾嗤之以鼻：「你應該去演格雷的女主角。」

「靠，你變態……」

不想聽張宇晟的廢話，江聿諾在轉彎時回頭看了友人口中的「極品」一眼。

纖細的背影、優雅的身姿，的確賞心悅目。但……似乎哪裡不對勁。夏未央這個人很從容，彷彿所有事情都在她的掌握中。

不過，這次……

「喂，張宇晟。」

「怎樣？」

「你先回去吧！我還要去系辦一趟。」

「啊？剛才不是說工作已經搞定？」張宇晟錯愕。剛才這傢伙還說要請客！又放他鴿子？

「突然想到還有一些事情沒做。午餐改天請啦！掰。」

丟下大感意外的友人，江聿諾一轉眼便消失在轉角。他繞了一小段路，在停車場看見靠在車棚旁休息的夏未央。

他直接上前，迎住女孩詫異的目光。

「妳受傷了？」他憑直覺望向未央的右腳。

她沒應聲，避開江聿諾的眼神。

莫名的煩躁竄上心頭，江聿諾索性將未央打橫抱起，並低聲說：

「這種時候，別給我玩什麼不跟男生說話的把戲。」

「你、你放我下來！」她驚喊。

「為什麼？看妳的樣子，似乎是打算什麼也不做，讓妳的腳繼續痛下去。」

「這也不關你的事吧？我自己會處理。」

「……夏未央。」江聿諾將彼此的距離拉近，黑瞳霸道地瞅住她，「我不是想多管妳的事，只是受傷又不想好好處理的妳讓我的心情不舒服。」

誰、誰要他覺得不舒服！未央覺得莫名其妙，卻也無法掙脫。

「好了，我們去保健室。」見她不再說話，江聿諾勾起一邊唇角：「我現在才發現妳不講話比較可愛。」

「……」好了喔，她真的要生氣了。

到了保健室，他們發現沒有半個人。

「阿姨不在啊？該不會是去吃午餐了？」江聿諾邊走邊說。走到床邊，他將懷中的女孩輕輕放下。

「……可能吧。」她不自在地低聲說。

聽了，江聿諾忽然露出自信的笑容，「那，就讓我為您服務吧！」

「什麼？」

她睜大眼，對方俐落地從冰箱翻出冰敷用的冰袋，「拿去，先冰敷。」

不是說要為她服務嗎？

似乎猜中了她的想法，男孩漂亮的雙眼彎成了月，「要我碰妳也行。」

「說什麼鬼話。」她別過眼。

笑了一下，江聿諾隨意找了張椅子坐，悠閒地滑著手機。不過……

他的心思完全不在螢幕上。雖然將女生送到保健室並不是第一次，但他就是覺得心裡不踏實。是因為對方是夏末央嗎？可她其實也跟一般的女孩子沒什麼差別，會笑、會生氣、也會受傷。

如果她別對男生這麼戒備，相信自己會用一般的眼光看待她，而不是像現在這樣……偶爾，感到不知所措。

覺得時間差不多了，江聿諾從櫃上拿出白色繃帶，二話不說走近她，替她固定腳踝。一邊動作，他一邊說：「妳對男生這麼警戒也沒好處。雖然世界上的壞男人很多，但好男人也不少呢！」

「你想暗示自己是好男人？」

「不。」他搖頭，手上的工作還在持續，「妳朋友向我告白的那天，妳也撞見了吧？我對她說的話，妳應該記得。我從來不覺得自己是好人，只是對所有人都維持表面的親切而已。」

「看得出來。」她說。

江聿諾笑了一下，「妳也說過我膚淺，不是嗎？後來想了想，好像是這樣沒錯。」

雖然不是很喜歡他，但她認為有必要替宛琪好好解釋。

「……宛琪她，非常喜歡你。她不是膚淺的女生。雖然她的確喜歡你一視同仁的個性，但她也為了了解你，做了很多功課。她知道你很多事，包括雨天喜歡穿藍色的鞋，總是會把高麗菜挑掉……之類的。」

「那我問妳，妳的心裡有這樣的人嗎？能體會這樣的感受？」

她愣了一下。

「我不想說妳太多，不過……」他低頭，繼續幫她包紮，「妳不跟男生說話，是不是也傷害了一些在乎妳的人？我沒要妳改變，只是就像妳特地把吳宛琪的心意告訴我，希望我認真看待她一樣……妳的朋友，肯定也希望妳能幸福。所以，試著往前吧。」

明明這份善意那麼柔軟，卻以強韌的姿態進入她內心深處。

「……會有一個讓妳滿腦子都是他的人出現，絕對會。」說完，他將繃帶剪斷，笑咪咪地說：「啊，我的手真巧。這樣妳感覺好多了吧？」

不見未央應聲，江聿諾疑惑地抬起頭。

那瞬間，他撞見未央變得通紅的臉。她看似慌亂地別過頭，透白的肌膚泛起惹人憐愛的櫻花色。

江聿諾馬上站起身，佯裝從容地問：「我載妳回去？」

「不用了，宛琪等一下會過來。」她沒看他。

「那看來我得先走才行。」說完，他轉身就走，像是想從某種氛圍逃開，「……妳回去小心。」

未央忽然叫他，「江聿諾！」

「嗯？」

「……謝謝。」

那甜美的顏色像是會傳染，悄悄地爬上男孩的耳根。

「這又沒什麼。」他不自在地搔搔後腦。

未央恢復鎮定，在他離開後，釋放心情般地往窗外一看。

陽光依舊，奪目的夏天緊緊擁抱所有人。多年前那個溫柔的夏日已經過了，在不停汰舊換新的記憶中漸漸褪色。

現在……又是一個全新的夏天。並不溫柔，卻非常耀眼。

Chapter 02　不是善意

她的眼神很冷漠，沒有孩子敢跟她說話。
只有他，發現她眼中渴望幸福的眸光。
「試著對他們笑吧！不然，我不在的時候妳怎麼辦？」
小女孩的指尖漸漸失溫，「騙人，程頤哥哥永遠都會在。」
騙人！
「我會盡力的。」少年溫柔地說。
是騙人的。

灰髮青年引起許多人的注目。他站在走廊，像是在等著誰。因為是上課時間，多數學生只能好奇地從教室中往外看。即使隔了一段距離，還是能發現那人擁有一張俊美的臉，充滿野性的雙瞳帶有十足魅力。

一下課，耐不住性子的人紛紛搶著出來看，其中有一人上前問他找誰。

其實，他要找的人早就已經發現他了。

他語調輕挑，「夏未央。」

眾人聽了，不約而同地好奇這傢伙是不是轉學生，竟然不曉得未央從來不跟男生說話這件事。不過，那人還是幫他叫了未央出來。

她的表情像是有些意外，卻又不怎麼意外。

「看妳的氣色，最近過得挺好？」男人的語氣不改輕浮。

未央沒說話，直直地往走廊另一邊前進。見狀，男人毫不猶豫地跟上。

經過隔壁班時，靠在窗邊的張宇晟看見了他們：

「咦？夏未央後面的奇怪男人是誰？」

一聽，本來還在聊天的江聿諾迅速回頭，捕捉了那兩人消失在樓梯的身影。一頭灰髮……他沒看過學校有誰染這麼顯眼的顏色。而且，那個背影看起來很陌生。

該不會是仰慕夏未央的外校生吧？

下了無數層階梯，毫不留戀地將往日甩在腦後。任憑自己多麼想原諒，那些曾經也回不來了。

那還不如從一開始恨到最後，比較輕鬆。

「你怎麼會在這裡出現？」停在無人的樓梯間，未央頭也不回地問。

「上網查一下妳課表，又不難。」

她回頭，臉色很不好看，「你已經干擾到我的生活，麻煩離我遠一點。」

「就這麼討厭我？」男人不耐煩地蹙眉，「未央，好歹我也是……」

「已經不是了！」她難得發脾氣，滿眶是強烈的情緒，「還有，你也離我的家人遠一點，不要再來煩我們了。像你這種人，還是自己到遠處快活去吧。」

「……妳、的、家、人？」

他忽然拔高聲量，難制的怒意在此時爆發！

「夏未央，妳也不想想我以前付出多少？可以不要高高在上的嗎？妳也沒好到哪裡去！」

「是沒有，但比你這種死纏爛打又一無是處的寄生蟲好太多了。」她冷聲說。

「夏未央！信不信我打妳？」男人瀕臨失控。

「信。」未央狠狠地瞪住對方，充滿怒意的雙瞳卻又流露一絲悲傷，「因為你是那個人的兒子。」

「妳——」

男人作勢揚手，卻在下一秒被人擋住。

未央睜大眼，望著忽然衝出來的江聿諾。但對方看起來很冷靜，聲調低沉：「大哥，打女生不對吧？」

「你又知道我會打？小屁孩，自認為長得不錯就想把妹啊！告訴你，這丫頭心裡已經有人了。」

男人並沒有揍這多管閒事的傢伙，而是告誡般地丟給他一句話，彷彿方才的怒氣都只是雲煙。

目送男人離去，江聿諾慢慢轉向一言不發的女孩。

「……他是誰？」

未央用力眨了一下眼，蹙眉說：「不關你的事。」

距離感又出現了。明明覺得上次在保健室的她看起來很好親近啊！江聿諾不明白這樣的轉變代表什麼。

「算了。但，妳剛才那樣說他，對妳來說很危險。」

「我說的都是事實。」她不認為自己哪裡有錯。

他嘆氣，「我是不知道啦！不過，我覺得說話要以妳的安全為優先。」

「說完了嗎？」未央明顯不想繼續談論，「我要回教室了。」

「……算我多嘴。」

轉過身時，未央對心中衍生的歉意感到遲疑。但，她還是迅速地踩上階梯。

「夏未央。」江聿諾在身後開口：「他，是妳前男友？」

不論怎麼猜測，從那段對話中也只能得出這個結論。

那瞬間，他看見未央為難的側臉。曾經覺得溫柔，如今卻變得陌生。

明明那時對方是來替朋友報仇的，怎麼就開始想念了？還是，女孩此刻的複雜讓他懷念當時再單純不過的敵意？

「江聿諾，你來這裡幹嘛？」

沒想到張宇晟也跟來了。

一見他，未央旋即走回教室，沒給江聿諾任何解釋。

望著佳人的背影，張宇晟十分疑惑：「我說……她該不會跟你說話了吧？」

「當然沒有。」江聿諾馬上否認，「我只是下去找個人。」

「喔……」他搔搔頭。

那是下意識的謊言。這段不怎麼友善的關係，是他心中的一個祕密。

沒有人強迫他保密的祕密。

「未央……」

聽見好友的聲音，她轉頭問：「怎麼了？宛琪。」

「剛才江聿諾是去找妳嗎？」

她愣了一下，「什麼？」

「我本來有點擔心想追上去看看，但看見他往妳離開的方向走……」宛琪露出小心翼翼的表情。

其實並沒有說謊的理由，但……

「妳想多了，我跟他又不熟。」未央輕輕笑，「而且我不跟男生說話。」

她，是想保護宛琪的那份單戀心情嗎？

「也是。」

「話說回來，未央！那個灰髮大帥哥是誰啊？」京雅揚起調皮的笑容，「看起來不像是我們學校的。剛才，班上好多女生都在問喔！」

「改天……」也或許不會。「再告訴妳們吧！」

「居然賣關子！」宛琪皺眉。

「我也好想知道喔！他長得比江聿諾還帥上幾萬倍。」故意瞅了宛琪一眼，京雅佯裝興奮。

「誰說的！我們聿諾才比他帥上幾兆倍。」

「……唉，別討論那個人了。」

沒說「那個人」是指灰髮男人還是江聿諾，未央在瞥見教授正要進來教室時，回了座位。

「對了！未央，下禮拜二的系籃要來看喔！我會上場！」京雅在回座位的路上還不忘回頭：「看我打得金融系那群狼女落花流水！還有，把男籃澈底比下去！」

「京雅！江聿諾也在系男籃耶！」宛琪生氣地追了過去。

後來，未央還是找了宛琪去看京雅打球。這次女籃對上金融系，男籃的對手則是機械系。對商學院的他們來說，男籃是一場硬仗。

所以宛琪直接拉著未央靠近男籃場地。

「喂！京雅叫我們看她打球不是嗎？」未央很無奈。

「女籃贏定了啦！我們應該為男籃加油才是。未央妳坐在這裡，男生會打得更賣力的。」

「妳明明是想看江聿諾呀。」

宛琪靦腆地說：「……就看一下嘛。」

最後，未央只能折衷，坐在兩個場地的中間。男生的比賽較早開始，所以兩個女生都把注意力放在男籃這邊。坐在這裡，其實視野並不怎麼明朗，但隱約能看出其中一個活躍的身影就是江聿諾。

「看著他，我的肚子好像就比較舒服了！」宛琪捧著臉說。她今天生理期，本來未央還勸她在家休息，但她不依。

「真誇張。」未央搖搖頭。

不過，他是真的打得不錯。即使系上幾乎被機械系壓著打，他還是能出其不意地讓對方吃幾個悶虧。

中場休息時，女籃那邊的比賽也開始了。京雅和其他隊友看起來威風凜凜，完全不需要擔心。

「未央！我要瘋了！」宛琪突然推她。

「怎麼了？」

她哭喪臉，「男生要輸了啦……」

「這不是預料中的事嗎？機械系男生那麼多，強手當然也不少。」

「江聿諾他……」

聽宛琪又要說他，未央皺眉：「宛琪，就算他很強，一個人也是沒辦法贏的。」

「不！我是說他走過來了啦！」她驚喜。

抬頭一看，江聿諾和幾個隊友果然正往她們所在的位置前進。隨著距離漸近，未央發現那群男生都在看著自己。明明是相同的視線，她卻覺得江聿諾的日光讓她最不自在。

當略顯懵懂的視線在空氣中輕觸，她隨即別開眼。在別人眼中，他們是沒有交集的。

那群人不是來找她們的，看樣子只是想在場地附近走走。為此，宛琪露出失望的神情，直到……

「未、未央！」宛琪望著她驚喊。

幾乎是一瞬間，未央感覺到一個重量撞在自己身上，然後，又馬上移開。她倉皇抬眼，江聿諾的臉近在眼前。

那吐息亂了方寸，蘊藏擔憂的溫度。

未央還不清楚是怎麼回事，直到望見江聿諾手中的排球——

「抱歉，撞到妳了。」他退開一步，「它從妳背後砸過來，我只是要把它接住而已。」

她凝望江聿諾，不語。

頻頻接觸的巧合，讓她心生困惑。

「喂！比排球的！你們差點打到夏未央！」站在江聿諾身後的隊友大聲喊。

「不好意思啦！明天請她吃飯！」

由於比賽還在進行，那些人也不方便過來，只好對未央隔空喊話。想當然，未央一點也不想接受那頓飯。

「靠！不要趁機約人家出去好不好？」其他男生笑罵。

中場休息結束了，離開前，江聿諾回頭看了她一眼。

「還是……」

聽見細如蚊蚋的聲音時，他詫異。

「還是謝謝你。」她沒看他。

這一次，還是謝謝你。

這句話背後的意義，只有他才懂。

「靠……不會吧？」在場聽見的人都驚呆了。

他也是。望著那張逐漸泛紅的臉，他心中湧現一種微妙感受。

她是個很女孩子的女生，從來就不是什麼冰山美人。她的溫柔，是寧願被眾人聽見，也堅持向他道謝。

即使這並不代表什麼，他還是……

「不客氣。」露出耀眼的笑容。

後來男生還是輸了那場比賽。隊員紛紛離開現場，幾個人還相約去網咖打電玩洩憤。在不看女籃的男生都走光之後，江聿諾走近比賽的工作人員。

「辛苦啦！球我再跟女籃的一起拿去還。」

「咦？你不去網咖？」那名同學問。

「沒要去。反正都要留下來看女籃，我就順便幫你還吧。」

「那就謝了！」

江聿諾往女籃的場地前進，遠遠就看見周京雅那女強人威風的樣子。看來女籃是贏定了，比賽再不久就會結束。眼珠一轉，他瞥見夏未央坐在球場前。吳宛琪也在那裡，表情看起來不是很舒服。

「江聿諾！」系上男生坐到他旁邊。

「你也還沒走？」

「看一下女生打得怎樣啊！我快羨慕死了，金融系女籃那麼弱。」

「我們系的女生也打得不錯，不是嗎？」

「對啦！像周京雅那女人，明明長得蠻可愛的，速度跟力氣卻不比男生弱。我看，她這輩子都不會因為男人吃虧。」

江聿諾笑著反駁，「不一定吧？等她愛上誰就知道了。」

再怎麼強悍，畢竟也是女孩子。等女孩的心裡住進一個人，感情就會掌管她的喜憂。

所以，他不想輕易陷入。曾經體會過，才懂被膚淺的人傷過的感受。

「也對。說起來，不知道前面那個會不會談戀愛。」

「誰？」江聿諾望向他。

「夏未央啊！」
或許是聲音太大，前方的未央轉頭看了一下。
「他們在說妳？」宛琪也聽見了。
「可能吧。」未央轉回視線，見京雅又漂亮投籃。
「對了……」
見她語氣遲疑，未央催促她開口。
「妳不是不跟男生說話？但妳跟江聿諾……」
「就是道謝而已。」她飛快接話。
「唔？」
「他替我擋了球，不道謝好像說不過去。」
宛琪覺得自己被異樣的心情包圍。明明應該表現出「只是好奇」的樣子，過於執著的語氣卻顯露了她的不是滋味。不該這樣的，她不該吃未央的醋。
「也是啦！是我也會道謝的。」
她聽了好友心不在焉的認同，也沒說什麼。她轉頭看宛琪，注意到對方愈來愈差的臉色。
「妳要不要先回去休息？」
「我肚子真的很痛，不過比賽……」
「看起來一定會贏。妳就先回去吧，不然京雅要罵人了。」
宛琪沒猶豫太久就決定回去。應該說，她本來就是來看男籃的。
等比賽結束，京雅滿身是汗，很快就把一瓶礦泉水喝光。她笑著對未央說：「我就說會贏吧！」

「我也是這麼想，所以就叫宛琪先回去了。她不舒服。」

「我也覺得很不舒服，全身都是汗味。」她抹去額頭的汗，「走吧！我要馬上回去洗澡！」

「妳先回去吧！」未央同樣叫好友先走，「我要去女宿那邊領一下錢。」

「好啊！自己小心。」

一回頭，未央看見也在向朋友道別的江聿諾。這麼晚了，他還有什麼事？

後來她才發現，原來江聿諾打算幫忙還球。球，是從女宿那邊借的吧！那他們……

「妳也要去女宿？」江聿諾見她走上階梯。

她下意識迴避其他人，確定沒人聽見才說：「嗯。」

他們並肩走到女宿，一個走向器材室，一個停在提款機前。江聿諾把一整箱的球放好，打算盡快回家洗澡。

這時，背後傳來輕巧的腳步聲。

江聿諾回頭，很意外對方會進來這裡。

她像是有話要說。但，又礙於某種情緒而陷入掙扎。

「怎麼了？」

「夏未央？」

她回神，發現他睜大了眼。

「看妳欲言又止，真的很想聽聽妳要說什麼。」

她索性忽略那句話：「他……」

她開口了，卻是提起另一人。

「他是我哥。」很輕的聲音，卻讓江聿諾整個人愣了一下。

「誰？」

未央看似難為情地皺眉，「……那個在學校的人啦。」

他馬上想起那個人的樣子。

放蕩不羈、出言不遜，還染著一頭耀眼的灰髮。要不是自己出面阻止，對方說不定真的會動手打她。像這樣的人……

竟然是她哥？

「乾哥？」

「不。」清淡的哀愁連他都感受得到。「是我親哥哥。」

聽了，他一時沒說話。不用細想，也知道對方的家庭關係不單純。他一直以為那個人是她的前男友，或死纏爛打的追求者。真的，沒想過是哥哥。

「靠！難怪他比我帥。」江聿諾不禁脫口而出。

「咦？」未央傻住。

她以為江聿諾會像那些親戚一樣，說些不著邊際的安慰話。

「我的意思是……」他忽然笑了，「那個人和妳有差不多的基因嘛。」

「你真的很怪。」她又皺眉。

「妳自己也差不多吧？不跟男生說話的怪女孩。」

「什麼？」她難得拉高音調。後來，又覺得不妥。

她幹嘛跟這個傢伙認真？

也不說了，她轉身想走。那一秒，她聽見從身後傳來的聲音：

「妳為什麼把這件事告訴我？」

「你不是有問嗎？」

「然後……妳就真的特地跑來跟我說？」

他到底想怎樣啦？

被這句話弄得很難為情，未央回身想反駁，卻發現對方已經站在她面前。忽地上揚的唇角，很近。最近他對自己相當隨性，讓她忘了對方原有的桀驁氣質。無關外表，純粹是由內心散發的自信。太靠近，就會讓人窒息。

「你到底……」想怎麼樣？

「說這種話好像不是很好，但我覺得妳很可愛。」說完，他的笑意更明顯了，「無關外表。」

「江──」

她正想斥責，卻被對方一把拉過手腕。直到被江聿諾安穩地藏在身後，未央才明白眼下的情況是怎麼回事。

排球比完了，一群人吵吵鬧鬧，為了還球而擠進狹小的器材室。一看見江聿諾，他們隨即上前打招呼：

「阿聿！怎麼還沒回家啊？」

「跟女宿阿姨聊了很久，現在才進來還球。」江聿諾一邊護著躲在死角的未央，一邊敷衍他們。

「喔？很有話聊耶！」他們把排球歸位，順道問他：「一起走嗎？」

「不了，我等等再跟阿姨聊一下。」江聿諾露出燦笑。

「我都不知道你那麼喜歡女宿阿姨。」其中一人笑著虧他，「那我們走了！掰。」

「掰。」

打發那群人之後，江聿諾發現未央一臉不爽。

「什麼女宿阿姨……」

「哈哈！也只能這樣說了啊！不然他們發現妳，隔天我們就要上系刊頭條了。」

「那也不用說這——」

「對了！阿聿！」外頭又傳來腳步聲。

一聽，江聿諾連忙將未央推向死角。因為閃避不及，乾脆自己也躲了進去。

他們感受到在狹小空間裡，很近的氣息。

微微起伏的胸膛，就在她的眼前。她費力地眨了眨眼，卻無法穩住愈來愈不安分的心跳。

這個人，離她好近。近得，不知道如何是好。

「咦？走那麼快啊？」沒找到人，那個人不一會兒又出去了。

「真危險，沒事又回來幹嘛。」江聿諾不悅地唸了幾句。

見未央沒說話，他困惑地低下頭看。那一秒，他撞見女孩緋紅一片的臉頰。那色彩如此相襯，彷彿原就屬於她。

「……說妳可愛，還真的這麼可愛。」

說完，他主動離開這狹小的空間，從容地走在前頭。未央輕輕地邁開步伐，雙頰為那句話變得更紅。

為什麼他總是喜歡捉弄她？

為什麼她總是讓人忍不住想捉弄？

這個答案，或許能成為一個共同的祕密。

她已經在床上翻了一小時了。

睡不著。她也不曉得自己在想什麼，就是睡不著。

「用一下電腦好了。」她忽地坐起來。

有多久沒這樣了？她自認是個好睡的人，卻失眠了。

未央靜靜注視前方，像是在遙望過去。畫面中，有個女孩，和一個男孩。

十歲的她就站在那裡，等一個夜晚才會出現的人。她只能站在那裡，因為她不敢跟其他人說話。她跟他們不一樣，明明每天都見得到親人，卻還是很寂寞。

直到他出現。

他在她身邊，待了很久。待到她，忘記寂寞是什麼。

待到她……終於明白真正的寂寞。

「程頤哥哥。」她叫出記憶中的名字。

雖然那個人早就失去聯絡了。也是啊！他怎麼可能回來找她？

未央愈來愈搞不懂自己了。她的確不常想起那個人，可一旦想起，就有欲淚的衝動。

思念，究竟是什麼呢？

每日每夜的盼望？久久一次的懷念？還是，不經意闖入腦海的一個人？

不一會兒，細長的指尖開始在鍵盤上舞動。

思念，究竟是什麼呢？

對未來的盼望？對過去的懷念？

還是……

後面的字句，她沒有完成。

她跳出個人頁面，開始瀏覽其他人的動態。這麼晚了，應該也沒多少人吧？

總是不經意地想起一個人，那代表什麼？

比起過去，是不是更該認真地看看現在呢？

這是誰寫的？

她將畫面往上拉，撞見了讓她驚訝的名字。

江聿諾？她有加他好友嗎？

「啊！宛琪上學期幫我亂按的，一直忘了刪。」她喃喃自語。這個人很少發動態，所以她現在才發現。

看了一下，時間是在她發文的前兩分鐘。不對！這樣不就像是她在用動態呼應對方嗎？

她匆忙點回頁面，打算把文章刪掉。沒想到，卻在這時看見了動態下方的一句回覆。

莫名的溫度竄上臉頰，隨強硬的力量撞進她心裡。

江聿諾：妳也睡不著？

在外人看來，是無異於其他男生的留言。但江聿諾和自己近日來的交集，根本不像這句話這麼陌生。

他們不斷對身邊的人說謊，就只為了隱藏祕密。隱藏什麼呢？直接讓它消失不就好了？

她冷冷地斂下雙眸，在鍵盤上飛快地打了幾個字。

夏未央：不是所有事情都如你所想。

回完，她將這篇動態設為隱藏。

她關了電腦，再度窩回棉被裡。

「未央！」

門外傳來宛琪的聲音。她愣了一下，前去替她開門。

「怎麼了？」

「我想說妳還沒睡。」她露出藏有心事的笑。

「這麼晚了，妳怎麼也沒睡？」

「我肚子不舒服，起來用用電腦。」

話說到此，未央忽然明白她來敲門的原因了。她凜神，對上宛琪的視線。

「進來吧。」她笑。

坐在床上，宛琪沒有沉默太久。應該說，她本來就是單純的人。

「我可以問妳嗎？」
「問呀！」
「妳的動態是什麼意思？」她果然問起這件事。
未央望著自己在床邊輕晃的腿，彷彿看見慌亂的心情。
「在說一個人。」或不只一個人。
「誰呢？」
她抬頭看宛琪，「沒跟妳們說過，是我小時候認識的人。」
「喔……」但她貌似還在顧慮，「那妳知道江聿諾也發了動態嗎？」
知道。她露出輕淺微笑，沒有回答。
「對不起！我不該這麼想，可是……」
「妳覺得很像是嗎？」
她點點頭，眼神望向遠方，「我也知道自己沒資格吃醋，畢竟我又不是他的女朋友。不過，妳知道戀愛中的女生總是會亂猜嘛！所以我才跑來問妳。」
「我沒有放在心上，而且，也不認為我跟他的動態是在說同一件事情。」
「那，未央……」
她將臉頰輕輕靠在未央的肩上，給了她淡淡的哀愁。「妳覺得我是不是該放棄？被拒絕得這麼慘，再喜歡他好像太笨了，對不對？」
「妳想放棄嗎？」她認真問。
「不想。」宛琪搖頭，「每次看見他，都會想起自己被拒絕的時候有多傷心，但比起這個，我覺得沒看見他會讓我更傷心。我每天都在想他，現在也一樣。未央，妳應該沒體會過這種感覺吧？」

的確沒有。就算和那個人分開時很痛苦，她也不曾體會這種感受。然而，這就不算想他嗎？她明明還是會想起那段回憶，在她不經意時，輕輕在心房某處刺痛。

思念，究竟是什麼呢？

她的腦海中逐漸浮現另一張臉。為了身旁的女孩，她閉上眼，覺得自己不能再想下去了。

「啊！」

那封承載思念的信，從她的手中溜走了。在她驚訝的目光下，那封信輕輕落到一樓地面。

未央站在三樓，有那麼一瞬還回不了神。

「妳東西掉下去了？」

一回頭，她發現問話的人是男生。點頭示意，她便匆忙地衝下樓梯。走沒多久，她遠遠地在樹下發現那封信的蹤跡，才終於鬆了一口氣。

但在她靠近之前，有人先一步拾起了信。

「咦？這是妳的嗎？」張宇晟撞見未央。

她點頭，快步走向對方。

張宇晟沒多說什麼，就把信還給她。接過信，未央抬起目光，遲疑地對他點了一下頭。他安靜望著她，直到對方轉身離開。

「呃，夏未央！」

聽見對方叫她，未央困惑地回頭看。

「我沒有要困擾妳的意思，不過……」張宇晟不自在地搔搔頭，「那天，我聽見妳向江聿諾道謝了。所以我替妳撿起那封信的時候，還以為妳也會。」

未央愣了一下。

見她的表情怪異，他連忙解釋：「只是好奇而已，真的。」

他察覺了嗎？應該說，她自己察覺了嗎？

她對待江聿諾的方式是不是太特別了？

想到這裡，她收緊拿著信的手。淺黃的信封上，出現了小小的皺痕。

而她的思念……

似乎也染上了不該有的情緒。

「夏未央？」

她一驚。在對方詫異的視線下，她飛也似地跑走了。才走沒幾步，剛從超商離開的京雅發現了慌忙的她。

「未央！妳要去……咦？」

未央根本沒看見她，很快地從身邊經過。京雅摸不著頭緒，直到看見不遠處的張宇晟也露出同樣表情，才大罵出聲：「張宇晟！你跟未央說了什麼屁話？把人家嚇成這樣！」

「我、我也沒說什麼特別的……」

「我聽你瞎掰！你這個死變態，不要接近我家未央！滾！」她怒吼。

「我不是變態！」

威風凜凜地瞪他一眼，京雅轉身往未央的方向追去。

「這傢伙都不聽人說話。」張宇晟搖搖頭。

後來，未央在文書部把信寄了。她望著店員手中的信，視線緩緩在上頭凝出「程頤」二字。娟秀的字跡，是有去無回的思念。

那個人收到信時，會露出什麼樣的表情？

她不曾想像過。

正因為從來都沒有收到回應，所以也不必期待太多。

「夏未央！」熟悉的聲音叫住她。

雖然知道是誰，但她沒回頭。

「這裡又沒認識的人，妳幹嘛這麼冷淡？」勾起唇角，江聿諾以輕鬆的笑臉面對她。

她不是一直都很冷淡嗎？而且，誰規定只要沒有認識的人，他們就得說話？

見她不領情，江聿諾轉個話題：「對了，妳到底寄信給誰啊？」

這種問法有點奇怪，像是他早就知道寄信這件事一樣。

「我大一的時候在文書部當工讀生。雖然不是負責信件，但也看過妳來這裡寄了好幾次信。」他好奇，「妳有筆友嗎？」

「沒有。」她頭也不回地走出文書部。

別跟著她啦！要是又被別人發現怎麼辦？

「感覺蠻棒的。」

「什麼？」她不解。

江聿諾笑了一下，「現在都是用網路聯絡，妳卻持續跟一個人通信那麼久。這種感覺，不是蠻棒的嗎？」

她不懂那有什麼好。比起沒有回音的信，她寧願用網路就能聯絡得到對方。

「那又不算通信。」她脫口而出。

「不然呢？」

她止住輕巧的腳步聲。回憶太多了，如果不說些什麼，彷彿無法改變迷惘的自己。

「只是單方面的期待罷了。」不再等待的她，會是什麼樣子？

「啊？」

顯然並沒有要說給他聽的意思，她再度往前走。

「喂！等一下。」

又要幹嘛？

「那天，妳回我什麼？」他用一個步伐拉近彼此距離，低頭凝視她。「雖然妳把動態刪了，但我知道妳有回我。」

「很重要嗎？」

「嗯！我來不及看，所以很想知道。」

「離我遠一點。」她隨口說。

江聿諾並沒有訝異太久。下一秒，他的眼神變深，唇邊帶了幾分興味笑意。

「至少妳還會回。」

「嗯？」她愣住。

「我是說，至少妳還會回我。」他忍不住輕拍她的頭，「不知道為什麼心情還不錯。」

「你……」未央不悅地瞪視對方。

「未央跟江聿諾在那裡耶！我有看錯嗎？」

回頭，江聿諾認出她們是系上的幾個女生，才正想掩飾，未央已經先一步走遠了。跑得這麼快，真不愧是擅長扮演冰山美人的夏未央。

「天啊！她剛才跟你說話嗎？」那女生看起來很興奮。

還有，真不愧是喜歡八卦的女生。

「……沒有喔。」他彎起無害的笑，「我只是幫她把東西撿起來。」

女孩們感到無趣，失望離開，絲毫沒注意到江聿諾陷入沉思。

為什麼不斷說謊？為什麼費盡心思地隱瞞所有人？

「連妳也對朋友說了很多謊吧？」

這並不是善意的謊言。

之所以這麼做，只是出於私心。

「夏未央，我可能比想像中還希望能守住這個祕密喔。」他再度勾起嘴角，「妳說，這是為什麼呢？」

他溫柔的謊，是任誰都沒發覺的一種開端。

Chapter 03　藏不住

「程頤哥哥，你為什麼不喜歡小堯？」

她好不容易開始找其他孩子講話，他卻把她拉走。

少年蹲下身，對她輕聲說：「我哪有不喜歡他？但他太愛黏著妳了。」

「為什麼不能黏著我？」

他一愣，沒有說話。

開了家門，江聿諾被一個衝上來的人影攔住。她歪著頭，柔順的短髮輕垂在頰邊。看清楚他的臉，女孩馬上開心地大叫：

「哥！你終於回來了啊？」

終於認出妳哥了嗎，他無奈：「別諷刺我。」

媽媽一看見他，拍了拍沙發示意他過來坐。

「這麼少回家，是不是交了女朋友？」爸爸笑著問他。

「沒有啦！我又沒老爸帥。」

「啊？你是不是零用錢不夠花了？」

「哎！哥明明就是大紅人啊！之前來學校參加園遊會，我們班的女生一直問我他是誰。」聿詩戳了戳江聿諾的肩，「你喜歡高中生嗎？我有好幾個人選可以推薦給你。」

「妳哥我喜歡成熟姐姐。」他隨口說。

「聿諾，來一下！」媽媽朝他招手，「你假日都在忙什麼？」

除了運動和出去玩之外，其實他也會利用假日的時間到學校工讀。他們以前家境還不錯，但自從爸爸投資的生意失敗，就不再像以前那麼富裕了。雖然生活過得去，他還是想多少替家裡減輕一些負擔。但這個念頭可不能讓爸媽知道。畢竟，從小寵他們上天的父母，十分不贊同他和妹妹去打工。所以說，他才選了比較不容易被發現的學校工讀。

「就偶爾打打球啊！」他笑著回答。

「這樣啊！我們還以為你跑去打工了。」媽媽語重心長地告訴他：「不用去打工，知道嗎？雖然我們家沒像以前那麼有錢了，但爸媽還是能供你們兩個念完大學。專心念書就好，好嗎？」

「好。」他知道爸媽是認真的。

不過，他無法不對自己負責任。

回到房間時，聿詩溜進房間找他。他才剛放下背包，就看見自家妹妹一臉賊樣。

「幹嘛啦？」他沒好氣。

「哥，你真的沒交女朋友喔？」

沒想到她這麼八卦，「說過了！沒有。」

「也沒有在意的女生？」聿詩又繞到眼前，眼珠子靈活地轉了轉。

他挑一下銳利的眉。

記得上次聿詩這麼問，是他剛跟前女友在一起的時候。他沒告訴家人，卻先一步被妹妹察覺。奇怪，這小女孩的身體裡有裝雷達嗎？

儘管現在他是真的沒有女朋友，但……

「不告訴妳。」他輕笑。

女孩的身影自他眼眶閃現。他沒說，不代表毫無感覺。只是，要確定這份感情，對他來說還是太早了。他不是一個會否認內心想法的人，但他……還需要更多的心動。

「你不跟我說，我就把你打工的事告訴爸媽！」她跳上他的床抗議。

這丫頭也學會威脅他哥了？明明只是個小鬼頭。

「妳再這麼大聲，也用不著威脅我了。」江聿諾把她拉下床，無奈地叫她在桌前坐好。等她安靜，他才在床邊坐下，開口說：「可能有吧！」

「真的嗎？誰？哪種類型？正嗎？」

他半開玩笑地瞪妹妹一眼，「說了妳也不認識。」

「那她正嗎？」她又問。

「嗯。」

「哇！那應該很多人追喔？」

正好相反。據他所知，這學校沒人敢追她。每個人都說她是冰山美人，得爬上高嶺才能摘到花，不過……

即使表面冷漠，也無法隱藏她可愛的一面。那樣的她，或許只有自己看見。只要這麼想，他彷彿就能感受到一種「專屬」的錯覺。

專屬於一個人，原來是這麼讓人期待的事。

「哥？」聿詩困惑地靠近他。

「怎麼了？」

「可以給我看照片嗎？」

江聿諾望了眼巴巴的妹妹一眼，沒猶豫太久，就給她看了手機。頭貼中，女孩甜甜的笑像是擁有全世界。即使不是自拍照的最佳角度，也絲毫沒有減損她的氣質。

「哥……」

「怎樣？」

她重重拍了他的肩，「我以為我家的帥老哥要追誰都很容易，但這位的話……你要加油了。」

「哈！我沒有要追她。」至少現在沒有。他站起身，將妹妹推出房門，「我要去洗澡了，妳快去讀書！」

「我很期待看見美麗嫂子來家裡喔！哥！」她在房門外大叫。

「別傻了。」

江聿諾被她逗得笑出聲，卻沒掃去內心深處的淡漠：

「……她討厭男生。」

他租的宿舍離學校很近，就在校門口斜對面而已。停好機車時，他轉頭一看，發現有個熟悉的人影站在不遠處。一頭閃耀的淺灰髮，讓人很難不注意到他。

「那不是夏未央他哥嗎？」江聿諾把鑰匙放回口袋，打算上前探問。

感覺那個人是來等夏未央的。要是對方又使用暴力，他在場也比較不會發生悲劇。

沒多靠近，灰髮青年就發現他了。

「咦？是你。」他認出江聿諾，隨即彎起一抹輕浮的笑。

江聿諾輕笑，以毫不遜色的身高站在對方面前，「你記得我啊？」

「廢話！不是還英雄救美嗎？結果呢？她有因此看上你？」

「是沒有。」對方是在諷刺自己，但江聿諾只覺得好笑，「我只知道男人不可以打女人。」

「你哪隻眼睛看到我打她？」他嗤之以鼻，「我只是嚇唬她罷了。」

「不管怎樣，這樣對自己的妹妹……」江聿諾暗下雙眸，眼神流露難得一見的不悅，「你覺得這樣很應該嗎？」

青年愣了一下，「她告訴你的？」

「嗯。」

「她……說我是她哥？」

「不然呢？」江聿諾不明白為什麼他要再確認一次。

聽了，青年一時沒說話。那對和夏未央極為相似的瞳孔，在他清晰的視野中不斷閃爍。

「你的表情看起來很怪。」像是開心，又帶點煩躁。

青年看他，少了幾分輕視，「你好像挺重要的嘛！」

「什麼意思？」

「你在她的心裡。」他笑。

這句話並不足以掀起波瀾，卻讓他暫時停止了思考。

他又說：「但你還是比不過他吧！」

雖然不知道那個人是誰，但看夏未央的樣子，他覺得青年口中的「他」，極有可能就是夏未央寄信的對象。

江聿諾忽然說：「那個人是誰？夏未央一直寫信給他，對嗎？」

其實他不覺得青年會回答，但他還是想問。什麼都行，如果能多了解一點那傢伙就好了。

「我怎麼知道那傻丫頭會不會一直寄信給他？」青年又恢復不耐煩的神色，「你不用問太多，我也沒知道多少。」

也是，看得出來兄妹的關係並不好。

「啊！她來了。」江聿諾忽然發現夏未央的身影。

她在遠方露出困惑的表情，顯然不明白為什麼江聿諾會跟他哥站在一起。但她沒有加快前進的速度，像是在控訴自己不是很願意走這段路。

然而，在她靠近之前，青年先一步把手中的紙袋塞給江聿諾。

「你叫什麼名字？」他問。

「呃，我叫江聿諾。」他莫名其妙地看著手中的東西，「這是什麼？」

「江聿諾，你幫我把這東西給她吧！先走了。」難掩慌忙，青年丟下這句話便騎車走遠了。

他完全無法理解青年的舉動。他剛才是在緊張嗎？面對自己的妹妹，為什麼要緊張？

未央來到他眼前，望著青年離去的方向，「……他怎麼走了？還有，你怎麼會在這裡？」

「不知道，他只是要我把這個給妳。」江聿諾把紙袋遞給她，「還有我住這附近，只是經過而已。」

猶豫一會兒，她才接下那袋東西。

「那是什麼？」他好奇。

「肯定不是什麼好東西。」她也不想當場打開來看。一抬眼，她又皺起眉，「你真的只是經過？」

「怕妳哥又做出什麼事，所以才過來問問。」他也沒隱瞞，反而以調皮的視線看她，「怎麼了？覺得我勾搭他？」

「胡說什麼。」她瞪他。

其實她明白江聿諾是出於好意，但……

「你真的很喜歡在奇怪的地方出現。」

但她無法坦率告訴他。

「隨傳隨到的感覺也不錯吧？」他彎起多情的微笑。這種話讓人難以辨別真意，所以她不知道該怎麼反應。

「……我要回去了。」
「夏未央。」
這傢伙又莫名其妙喊了她，害她只能再一次對上他的視線。
「妳哥叫什麼名字？能跟我說嗎？」
「夏承宴。」
「知道了。」他用一個步伐拉近彼此的距離，「那麼，我會替妳保密。」
「什麼？」
他從來就不是這樣的人，不是一個情願溫柔的人。但他，還是希望能為那份藏不住的期待做些什麼。
「妳哥的事，我不會告訴任何人。」
她並沒有特別要他保密，對方卻主動這麼說。
她愣了一下，武裝的淡漠澈底消失。取而代之的，是眼裡微弱的溫度。
「感覺妳，其實也沒有那麼討厭我？」
當他望進她的眼底時，他發現這是唯一的解答。

「喂！你們聽說了嗎？」
「妳是說……」女同學神情謹慎，彷彿知道什麼了不得的祕密，「夏未央的事嗎？」
「妳也知道啊？」另一個男生低聲笑，「冠廷說他有看見，不曉得是不是真的。」
「如果是的話，不覺得有點奇怪嗎？」
「之前比系籃的時候也……」

「親愛的同學們！」豪邁女聲介入了這場祕密集會。「什麼事情那麼奇怪呀？」

一看來人是周京雅，眾人紛紛露出尷尬的表情。彷彿該解釋，卻也沒理由解釋。

「沒、沒有啦！在說我隔壁班的朋友。」

「啊！快上課了，我還有作業沒印！」

「走啊，一起去印。」

結果，那群人異口同聲地留給她一句「京雅掰掰」，便一哄而散。

「哼，講未央的閒話……以為我不知道嗎？」她哼一聲。

那天下午，京雅把這件事告訴了被討論的主角。

未央的表情沒什麼變，眼中的猶疑光芒卻透露了她的心事重重。她看著未央，忽然覺得從來不受謠言控制的她，此刻也陷入了某種掙扎。

她很清楚，未央掙扎的不是謠言本身。

或許……

或許是介意那個人吧？

「妳不問我嗎？」

「唔？」京雅望著她平靜的臉孔。

「不問我……是不是真的？我在校門口跟江聿諾說話的事。」

她顯然有幾分試探的意味。不過，不論是不是試探，她彷彿都能理解未央複雜的感受。

「那不重要吧！」所以京雅笑了，「就算有說話，我也不認為那是什麼大不了的事。妳啊！太在意了，其實妳可以照著心裡所想的去做，又不會礙到誰。」

「我知道不會礙到誰，只是……」未央嘆氣，「我可能有點困擾。」

「困擾什麼？」

可能，她自己也不知道答案。特別嗎？因為她只跟他說話？

還是，他對她來說……

「未央！」

她抬頭，看見跟自己交情不錯的瑜馨跑來找她。對方露出了可愛的虎牙，卻劈頭就丟給她一點也不可愛的請求。

「可以請妳當我的女主角嗎？」

「女主角？」

「我們通識課要拍微電影，贏了有獎金喔！」瑜馨的眼珠子一轉，雙手就放在未央的肩上按摩幾下，「所以我需要一個無懈可擊的女主角！就是妳啦！」

「我不會演戲。」未央愣了一下才說。

明明江聿諾就被她的演技騙過……

京雅沒把這話說出來。

「哎呀！妳只需要朝鏡頭笑一下，就不會有人管妳演得好不好了！」

「但是……」

「不會有親密戲，妳放心！」

「我……」

「雖然要跟男生說話，但那只是幾句台詞！妳啊，就當是在跟家裡的狗說話就好。」

但她不會跟狗說話。

「前五名的獎金很豐厚喔！劇組裡，一個人可以分到一千塊左右！」

「哇，好像很有趣！」一聽到錢，京雅感興趣了，「未央，妳就演嘛！這可是賺錢的好機會！」

「那也要得獎才有吧？」

「不然，我陪妳一起演吧！」京雅抓住瑜馨的手，興奮地問：「導演，還有缺人嗎？我可以演女主角的朋友。」

「咦？目前只缺女主角的情敵啦……」瑜馨抓了抓頭髮，「不過，要是妳們可以一起來，我當然歡迎。」

「好，我們就接下這部戲了。」

「……什麼？」未央傻住。

目送瑜馨的背影離去，京雅給她一個瀟灑的笑，「試試嘛！不是也挺好玩的？」

「唉，隨便妳啦！我演就是了。」

「不過，我突然想到一件事。」

「什麼事？」

京雅遲疑地說：「我記得瑜馨是江聿諾的粉絲之一，所以……」

所以？

所以，他也很震驚。

「等一下要來的是夏未央？」

週末，江聿諾身穿借來的高中制服，在一樓廣場等待。聽了導演簡短卻讓人震驚的說明後，他露出難以置信的表情。

「她、她真的答應要演？」被找來演龍套角色的張宇晟比男主角還大聲。

瑜馨彎起笑，「她會答應，我也很意外。」

「她……」江聿諾皺眉，「她知道男主角是誰嗎？」

「這個……」

「啊！果然是你！」

在場的人被周京雅的一聲吼叫嚇住。之後，更被女主角青春的模樣給震懾得更厲害。

未央穿著合身的高中制服，一雙長腿在百褶裙的襯托下讓人移不開目光。她選擇無視，慢慢地走到了眾人面前。

那瞬間，她看了江聿諾一眼。

很好，她決定把他當成校狗。

「果然是我？」江聿諾最先反應過來，「妳們是用猜的嗎？」

「答應了之後才猜的。早知道是你，未央就不會來了吧！」

「咦？未央很討厭他嗎？」瑜馨問得很直接。

「哈！我開玩笑的！」京雅豪邁地笑了起來。

當事人覺得一點也不好笑，尷尬地對看一眼。她……是沒有非常討厭他啦！但是，傳遍系上的謠言讓她覺得應該盡力避嫌。

江聿諾不著痕跡地觀察她的表情。那困窘的模樣，似乎挺可愛的？

「啊，劇本你們都看過了吧？等一下要先拍告白那場喔。」

「這麼快啊？」江聿諾將劇本翻開，「這場戲明明很後面。」

「這幾天氣象說會下雨，所以戶外的先拍。」瑜馨轉頭對未央笑了一下，「辛苦妳了，今天要先記後面的台詞。不過，被告白對妳來說應該不陌生，妳一定可以的。」

這個嘛……

她下意識別過目光，卻在那一刻撞上江聿諾的視線。她的猶疑，一分不少地落入他的眼中。

或許，他懂她的意思。

還好，她對他戲中的告白沒什麼感覺。

一聽導演喊「卡」，未央別開目光，不在戲外跟對方有太多的交流。江聿諾倒是很關心自己演得好不好，總是第一個湊過去看成果。

「總覺得，未央好像對男主角無動於衷？」看了一會兒，瑜馨對畫面皺起眉。

無動於衷？是啦！誰會對那種演出來的告白台詞心動？

「再來一次吧？未央，妳也稍微害羞一下嘛。」

瑜馨輕拍她的肩，像是在告訴她「別緊張」。意識到這點，未央的臉淡淡地刷上一層紅暈。

她沒有緊張。只是，演得比較不自然罷了。

於是，這場告白戲又再度上演。一次又一次，不斷上演。

「妳覺不覺得江聿諾很機車？」

一旁，京雅回頭看張宇晟，「哪裡機車？」

「跟女神演對手戲明明很棒，但江聿諾都一臉不在乎，超欠打。」他怨懟好友身在福中不知福，

「夏未央更厲害了，被告白連眼睛都不眨一下。」

「因為這只是一場戲啊！」京雅白了他一眼，低聲說：「不過，我覺得他們不像表面看起來那麼平靜。」

「怎麼說？」

頓時覺得眼力高人一等，京雅瀟灑揚笑，「你看，兩個人都在假裝。」

「卡！」瑜馨再一次喊停，「……你們要不要休息一下？」

「也好。」發現未央似乎遲遲無法進入狀況，江聿諾很快地贊同這個提議。

「不，請繼續吧！」

其他人轉頭看向未央。而她，流露幾分倔強的目光停在江聿諾臉上。

「你也認真一點。」

「我？」

「做點讓我有感覺的表白吧。」

聽了，江聿諾露出笑容，眉間豎起毫不掩飾的銳氣：

「妳在挑釁我？」

「並沒有。」未央別開視線，「我只是覺得你太含蓄了，我也不曉得該怎麼做出反應。」

「那我知道了。」

未央下意識抬頭看他，卻發現對方的目光鎖住了自己。唔……她是不是真的挑釁了他啊？

最後，這場告白戲拍得很成功。但，身為女主角的未央，卻一下戲就跑去洗手間了。

沒有人知道她怎麼了，除了讓她紅透臉頰的男主角之外。

「唉，簡直是場鬧劇。」

未央洗了把臉，對著鏡中的自己說。

他居然沒照著劇本唸！而且鏡頭沒拍到的那一秒，還在她的耳邊說了讓人煩躁的話。

「……真煩人。」

「誰煩？」

江聿諾打開水龍頭，在水聲響起的那一刻笑著望住她。她嚇了一跳，卻強作鎮定。

「可以別老是突然出現嗎？」

「我只是來上廁所而已喔？」

「……」

「對了，明大妳有沒有空？」

她愣住，投以滿是疑惑的目光。這是邀約嗎？難道，他不曉得他們之間的謠言已經傳遍系上？

「別那種眼神看我。」江聿諾覺得有趣，也知道她誤會了什麼。「剛才導演問明天能不能加拍一天，她有些畫面要補拍。」

原來是她會錯意了，「嗯，我會來。」

「那就好。」說完，他關上水龍頭，但肆意的日光仍舊沒停止。

應該說些什麼才對。如此一來，似乎就不會深陷這種惱人的局面。

「妳剛才的樣子……」他沒放過她臉上的任何情緒，「看起來，好像沒被告白過？」

「……」

「我隨便說說的。」

她的臉變紅，轉頭閃過他的注視。

「……不會是真的吧？」

「那、那又怎樣？我為什麼一定要被告白過？你們真的把太多自以為是的想法套在我身上了。」

她的爭辯缺乏幾分氣勢，洩漏了她真正的心情。江聿諾望著這位眾人眼裡的「冰山美人」，忽然笑了起來。

他知道夏未央沒有說謊。

「真抱歉。」

「為什麼道歉？」

「我也不知道，總覺得各種層面上都該道歉。」

她一時聽不懂他的話語，所以也沒預料到接下來的字句竟是飽含溫度的：

「比如說，知道妳會困擾，卻還是找妳說話……這一點？」

「但我困擾並不是因為——」說到這裡，她止住了聲音。

不是因為他找她說話。

是因為，她不曉得怎麼處理。

該怎麼處理需要避嫌的關係？她逃避的是謠言，還是自己呢？

江聿諾靜靜注視著未央，卻沒逼迫她把話說完。她想說的，或許他也能明白。

很多事情是藏不住的。

「未央，那是什麼啊？」

未央將手中的禮物盒蓋上，匆匆向宛琪投以笑容：「啊……沒什麼，朋友送的手錶。」

「是嗎？戴起來應該很好看。」

「嗯！應該吧。」她笑著轉移話題，「妳找我？」

「也沒什麼事啦！覺得很無聊而已。」宛琪順手將房門關了，再一屁股坐到床上，「對了，聽說妳跟京雅在拍微電影？」

未央愣了一下，「……對。」

宛琪也聽說了啊，可是她……

「妳應該是女主角吧？」她露出圓圓的笑臉，看起來很好奇，「那，男主角是誰？」

可是她不知道男主角是江聿諾。

雖然，她跟他也只是拍戲而已，但未央無法輕易坦白。她幾經思慮，才勾起一抹溫婉的笑：

「明天開拍，到了現場才知道。」

「咦？還不知道嗎？萬一是妳討厭的人怎麼辦？」

「不會啦。」未央將視線停留在禮物盒上，像是說給宛琪聽，又像是說給自己聽，「應該……不會是那樣的人。」

拍最後一場戲的那天，下了一場大雨。還好導演有先見之明，戶外戲都已經提前結束。此時，劇組待在借來的教室中，準備拍最後一個畫面。

離正式拍攝還有一段時間，很多人已經在旁邊玩自拍了，也有很多人在討論殺青宴要在哪裡辦。不過，身為女主角的未央卻走到一個安靜的角落，沒有參與話題。

未央嘆了口氣，觀察這場雨的眼神放得很輕。不跟男生說話的自己，的確顯得格格不入。雖然一直沒耳聞，但肯定有很多人在暗處說她跩吧？

的確，讀高中時有幾個學妹說她很跩。印象中，似乎是罵她「用奇怪的招數對男生欲擒故縱」？她不是記得很清楚，只覺得很可笑。說到底，男生應該比較不喜歡她這樣吧？

因為，被塑造成「冰山」形象的她，從來沒有被任何人告白過。

被江聿諾那傢伙說中了。想起他，她沒來由地蹙緊眉。

「要準備拍了喔。」

她轉頭，對上江聿諾從容的視線。

「妳一個人在這邊做什麼？」

明明是來提醒她的，卻又問起不相干的事。未央不懂這傢伙的心思：

「發呆而已。」

「對了，上次妳哥給了妳什麼？」

話題跳得太快，未央愣了一下才想起那個人曾經請江聿諾轉交禮物給自己。原本她不想跟他說太多，但這一刻她突然覺得無妨。

「手錶。」她同時想起那個小巧的禮物盒。深藍色，簡約又討喜。

「妳不戴嗎？」

這個問題很簡單，她卻回答不出來。把他送的禮物……戴在身上嗎？不，她都還沒釐清這是不是真的只是「禮物」。說不定，只是討好的手段罷了。

看夏未央的表情漸漸變沉，江聿諾伸手在她眼前揮了揮。陰影褪去，她的眼裡跳進了一個爽朗的笑。

「別想太多了。」

「嗯？」

「我說，妳別想太多。」江聿諾的語氣像是在提醒她，「接近妳，有時候也不需要理由吧？」

而他，是在說她哥，還是他自己呢？

「唉！他們的眼神，真不曉得是想吃了誰。」

話題又換了。未央反應不及，下意識望向劇組的其他人。那一刻，她才明白江聿諾在說什麼。

察覺到兩人的視線，那些人連忙收回自己放肆的目光。不過，就算不看，未央也知道他們在想什麼。謠言……應該又會變得更誇張了吧？

果然，學校替通識課舉辦首映會的那天，未央聽見了很多奇怪的傳聞，像是……

「他們兩個是不是偷偷在交往？因為平常很低調，所以才藉由拍微電影維繫一下感情。」

「我倒是覺得江聿諾在追她。」

「不！妳沒聽說夏未央只會跟他說話嗎？應該是她暗戀江聿諾。」

當然，這些都是京雅告訴她的。她雖然覺得煩，卻更擔心宛琪的狀況。這些話，應該也傳進宛琪的耳裡了吧？

欣賞別組的作品時，宛琪也坐在她的旁邊。她的表情太正常了，讓未央不曉得該怎麼跟她搭話。直接先說江聿諾是主角嗎？然後，再狀似不經意地撇清那些傳言？

「未央，是我們拍的！開始播了！」京雅的聲音打斷了她。

未央望向大銀幕，戲中的她看起來活潑、可愛，好像不是很真實；江聿諾站在旁邊，和她鬥嘴、笑鬧，看起來更不真實。

不過，她怎麼有一種微妙的感覺呢？

彷彿……想知道這部微電影的後續。想知道「活潑可愛」的她，會怎麼跟他相處下去。

「畫面好漂亮。」宛琪突然說。

「哪裡？」

抬頭一看，未央看見了被宛琪說很漂亮的畫面。畫面中，江聿諾靠近了她，並在她的耳邊說了幾句話……不對，只有她自己才知道，江聿諾在那時候說了話。

不過，所有人都看見了。透過銀幕，看見她從未顯露過的羞澀。

「妳不覺得嗎？這樣的妳，看起來更漂亮了。」宛琪再度出聲。

她望向宛琪，卻望不進那雙過於和善的眼。或許，有太多事情是不能假裝的。自以為的善意，只會換來更殘酷的「善意」。像現在一樣，隱約刺入她的心裡。

「我早就知道你們看起來一定會很登對。」

她在那份不揭穿的溫柔中，模糊著視線。

她一直想著宛琪。即使她不認為自己面臨抉擇，她還是想著她的朋友。

名次當天就出來了，他們不負眾望地拿下第二名。而且，還是前五名中唯一用「愛情」作為主題的組別。要獲得已不再嚮往愛情的老師肯定，其實不是一件很容易的事。

於是，殺青酒和慶功宴合在一起辦。未央本來不打算去，但愛吃的京雅最後還是說服了她。練球前，京雅再三交代她晚上一定要現身，直到未央點頭，她才放心地出門。

她望著京雅的背影，想起宛琪今天似乎也要忙打工。其實，好像也沒有必要對她說什麼。宛琪看起來不是很在乎微電影的事，更沒有向她問過那些謠言，她應該是多心了。

啊，寄信的時間又到了。

她拿出前天就寫好的信，打算傍晚先繞去郵局一趟。已經多久了呢？自從跟他分別，她每個月都會寄信給那個人。信的內容呢，無非是表達她的思念。不過，最近開始有了新的話題……

有個男孩總是會來找她說話。明明知道她因此困擾，卻還是這麼做。如果是他，會有什麼看法呢？程頤哥哥。

後來，未央稍微晚到了五分鐘。到的時候，江聿諾剛好在她前面脫鞋。這是一家日式燒烤店，還挺有氣氛的。

都還沒入座，就聽見京雅和張宇晟的大嗓門了。

「喔？妳也現在才來？」放下鞋子，江聿諾才發現她。

「嗯。」

見對方沒再說什麼，未央下意識凝視他的背影。

宛琪，肯定也把他的背影牢牢記住了。

「啊……」江聿諾突然停下腳步，「好像在討論我們的事？」

「什麼？」她愣住。

凝神一聽，才知道是京雅在替她辯駁：

「未央才不會喜歡那種傢伙！你們聽到的都是謠言而已啦。」

張宇晟的聲音也傳來，「那種傢伙？唉，雖然江聿諾那個人沒有女生想像中那麼帥，但人氣也不低吧？妳說成這樣，好像他是什麼垃圾一樣。」

「垃圾？我是不知道啦！不過未央又沒有喜歡的人，你們想太多了。」

「沒有嗎？」

再度一愣，未央才知道江聿諾正在對她說話。見她沒有反應，江聿諾勾起一邊嘴角：

「妳沒有喜歡的人嗎？我以為妳寄信的對象就是。」

「……別亂猜。」

「所以不是？」

她斂下眸子，躲開他的目光，「你也不用這麼好奇啦。」

不想繼續聽他們八卦，未央索性向前超越江聿諾。出現在大家眼前的那一刻，大部分的人都禁了聲，除了京雅。

「未央妳來啦？過來、過來！我幫妳烤好一盤的肉了！」

「好。」她微笑。

氣氛又恢復了。隨著未央入座，江聿諾也被男生催去叫幾盤肉。眼見他離開現場，京雅在夾肉給未央的空檔，低聲說了幾句：

「這陣子啊，這些人一閒下來就在說妳。」

「我知道。」未央將那塊肉放入口中。肉質很甜，但她似乎無法專心品嘗。

「這件事雖然沒什麼，但大家都知道妳從高中起就不跟男生說話，所以……」

「所以宛琪知道了嗎？」

京雅愣了一下，「我是沒問啦……不過，不可能沒聽說吧？未央，難道宛琪她還喜歡那傢伙嗎？」

「嗯，還喜歡。」

「真的假的？唉，我不想這麼說，但被拒絕了還是放棄比較好，何況比他好的男生還有那麼多。」

「其實我……」也希望她放棄。不管怎麼想，都沒有辦法改變什麼。她唯一可以做的，只有……只能那麼做了。

之後，劇組起鬨讓男主角送女主角回家。看來，他們雖然不敢在本人面前八卦，但還是有意撮合兩人的。意外地，未央並沒有拒絕。

江聿諾有一點驚訝，但似乎也不難推測原因。雖說是送她回家，但兩人是各自騎車，對江聿諾來說也是順路的。只是這樣而已，所以她才會答應吧？

看未央在騎樓把車停好之後，江聿諾向她道別。不過，她卻叫住了準備離開的他。

「怎麼了嗎？」江聿諾索性將車熄火。

「我想告訴你一件事。」

她的語氣很認真。

在她那麼說之前，他從未想過不是朋友的兩人，竟也有需要刻意將關係撇清的一天。雖然，對現在的自己來說，夏未央應該不算是一個非常重要的存在，但……

「我不會再跟你說話了。」

他能在這一刻體會「失去」的意義。很微弱，但感受得到。

他無法形容現在的心情，所以下意識勾起嘴角，「嗯，因為那些閒言閒語吧？」

「不止。」她輕輕蹙眉，「還有宛琪，以及……」

以及她自己的心？總是感到混亂？或許吧！

「……就這樣了。」她也不想再多說。

轉身打開大門，她踏上台階，似乎想快一點將他甩在腦後。

「夏未央。」

然而，他的聲音明明不大，卻還是讓她停住腳步了。

「妳在逃避嗎？」

「對你，我應該沒有需要逃避的事情。」

「是沒有。不過，這件事有更好的解決辦法。」他離開機車，往前走了幾步，「妳如果不再跟我說話了，只會讓人覺得妳在避嫌。但是，假如妳打破那個規則呢？試著跟其他男生說話，大家就不會把重點放在我身上，反而，是覺得妳改變了。」

「我為什麼要改變？」她回頭。

迎面是他清朗的神色，「不然，妳打算一輩子都這樣？只要不小心跟哪個男生說話了，就被傳緋聞？」

「我……」

忽然，他們聽見另一台機車的聲音。未央上前抓住江聿諾的手，將他拖上樓梯。

「喂、喂！去哪裡？」

「先別說話！」她緊張地將自己的房門開了，並將江聿諾推進去，再用力地關上門。

沒過多久，停好車的宛琪也走上樓梯，和未央打了照面。

「未央？你們的慶功宴結束了喔？」

「對啊！妳呢？不是要打工嗎？」她背對著門笑問。

「今天店長提早放休，所以就回來了。」宛琪轉身，「那我回房間了，晚安。」

「晚安。」

「對了！外面那台車是誰的？」宛琪又回過頭來，讓她嚇了一跳。

「隔壁亂停的吧？不是聽說隔壁棟最近租出去了？」她隨口說。

「喔！如果再亂停，也要跟他們說一下才行。」

「我再去說吧！」

聽了，宛琪對她笑了一下，「晚安。」

晚、晚安……

她走進自己的房間，一臉沮喪地將門關上。江聿諾站在窗邊看風景，這一刻才回頭笑著說：

「嗨，妳的房間真乾淨。」

「……」

Chapter 04　為什麼

「央央，程頤哥哥好像不喜歡我。」小堯坐在她旁邊，看起來很苦惱。

「我也這麼覺得。」小女孩皺起眉，「不過，他說沒有。」

「其實我知道是為什麼喔！」他神祕兮兮。

「為什麼？」

但小堯沒來得及說，少年又闖入他們之間。他還是那麼溫柔：「未央，妳跟我來好不好？」

「現在的情況是，」未央放低音量：「宛琪在睡覺前都不會關門，所以……」

「所以，我要在妳這裡待到她睡著？」

江聿諾看起來不怎麼困擾。反而，還對她的房間很有興趣。不、不就是女生的房間嗎？她不信他沒進過女生房間！

未央盯著他好奇的背影，不大甘願地說：「對。」

江聿諾回過頭來，「妳喜歡看書？」

「什麼？」

隨著他的視線望去，她精心整理過的書櫃就擺在那裡。比起一般人來說，的確是多了很多藏書。而且，大部分都不是漫畫或小說。

這有什麼奇怪嗎？每個人都有自己的興趣。如果真要說喜好的話……

「有些蠻喜歡的。」她喜歡看畫。

「看得出來。」他蹙眉，「不過，搬宿舍的話不會很麻煩嗎？」

「我們打算三年都住在這棟。」未央瞥了一下地板，似乎不習慣說這麼多自己的事。「喂！」

「嗯？」

「你……也找個地方坐下吧。」她轉身從抽屜拿出茶包，「一直站在那裡很奇怪。」

「會嗎？」他望著她走出房門。那想盡辦法將自己藏住的身影，看起來倒有幾分困窘。笑了一下，他的瞳底泛著溫柔，「妳才奇怪吧！剛才用聚會的名義解釋一下不就好了嗎？還特地把我藏起來……難道，妳真的在逃避什麼嗎？」

她逃避的……

她逃避了什麼呢？

拿著馬克杯，未央呆站在門外。她並沒有聽見那段話，卻也想起了這件事。

她為什麼把他留下呢？因為宛琪剛好回來了？

不，仔細想想，只要說是江聿諾送她和京雅回來就好，根本沒有必要做到這種地步。更何況，宛琪還蠻常來房間找她的，如果撞見了江聿諾，那情況不是更曖昧嗎？

所以說，她到底是為了什麼才將他留下的？

「夏未央，妳在幹嘛？」耳邊忽然傳來氣音。

「唔！」

她嚇得回頭，直接對上從門縫探頭出來的江聿諾。距離很近，一秒、兩秒……她愣了好幾秒，才猛然將他推回房間裡！

「你、你幹嘛隨便開門啦？」關上門後，她怒視。

「妳……」他也愣了，「妳幹嘛臉紅？」

被他一說，未央才發現自己的臉燙得嚇人。

她很懊惱，「不要……」

「什麼？」

「不要隨便在別人的耳邊說話。」

「抱歉。」他笑著接過她手中的奶茶，「我忘記妳容易害羞。」

「……請你安靜。」她頭也不回地坐在電腦前，「在出去之前都別說話。」

「好像有點難。」

她瞪他一眼，讓他明白自己是認真的。

「不如，我們就來聊聊剛才的話題？」

「什麼話題？」

江聿諾勾起嘴角的從容，「妳真的不知道嗎？」

她忽然想起她第一次和他說話的時候。為了幫宛琪報仇，她去系辦找江聿諾，並在他對自己的動機存疑時回答他：「你真的不知道嗎？」

那瞬間，他也是這種表情。像現在的她一樣，雙頰微紅。

「說過了，我並不打算照你的話做。」她別過頭。

「那，妳現在卻還是跟我說話？」

「……」

江聿諾走了過去，望著呆坐的她。漂亮的側臉，顯露了她此時的焦躁。

「這是一個機會。」他低聲，「妳總不可能一輩子都不跟男生說話。」

「怎麼不可能？」

「難道妳不想結婚嗎？」

為什麼要跟她討論這種話題？她發現自己愈來愈不自在。她才沒想那麼多呢！討厭男生就是討厭男生。

未央還來不及思考，門外便傳來京雅的大嗓門——

「未央！我來還妳筆記本！」

她整個人抖了一下。與神情平靜的江聿諾對視一眼，她緊張地朝門外喊：「放、放門口就好！我在抬腿。」

「那我直接拿進去給妳喔！這邊很久沒掃了，會髒。」

「等一下！」她喝止。

伸手一拉，她將江聿諾推到床上，並在對方一臉錯愕地看著她時，把棉被丟在他的臉上。「別說話！別動！」她警告。

安全地將筆記本拿回來之後，未央關上門，深深地嘆了一口氣。她走向前，讓躺在床上的某人重獲自由。棉被一掀開，江聿諾就坐了起來。他的臉，忽然離她很近。

「躺妳的床，感覺蠻奇怪的。」他笑。

她在那樣的情況下撞到了他的呼吸。對方總是那麼從容，而她……

而她卻連果斷都做不到。

「那也沒辦法。」她輕輕地說。

晚上十一點左右，未央發現宛琪關上門了。還好，宛琪一向蠻早睡的。她叫快睡著的江聿諾起來準備，在開門之前，她淡淡地說了一句：

「留你這麼晚，抱歉。」

他看起來不介意，「沒關係，我知道妳是為了妳的朋友。」

「那……」她想說些什麼，卻止了口，「走吧。」

一開門，對面的宛琪果然沒有動靜。是睡了吧？燈是關著的。為了避免節外生枝，未央讓江聿諾走在她前面，並催促他前進。

忽然，樓上傳來「咚咚咚」的聲音，聽起來像是——

「快點！京雅要走下來了。」她焦急推他一把。

「喂，妳等等……啊！」

轟隆巨響，未央還沒搞清楚狀況，便看見江聿諾整個人從樓梯摔了下去。

那一瞬，記憶痛苦地閃現。

她一愣，被悲傷的浪潮吞沒。

她不能想像自己曾經為那個人流過多少眼淚。

「江聿諾！」

漫天劇痛，讓他緊緊閉上雙眼。忽然，一縷芳香使他的思緒逐漸明朗。沒來得及辨別，女孩焦急的聲音便匆匆在耳畔響起：

「江聿諾！你怎麼樣了？」

「還好嗎？」

「江聿諾……」

他終於睜開眼。女孩的眼眶微紅，眉睫沾染了幾滴不安的晶瑩。他看不見她的思緒，卻能感受到她的悲傷。

那股力量……促使他，輕輕捏了一下她的臉頰。

那時的他們，很溫柔。

「沒事啦！只是稍微撞到額頭。」

「對不起……」

聲音很小，但很清晰。漸顫的尾音，一字不漏地墜入他心房，喚醒曾以為無法釐清的情感。

或許他，或許……

「不用道歉，是我心不在焉。在妳身邊……我也會變得不像自己。」

「什麼？」她怔忡一望。

後續的話，他沒有說完。

聞聲而來的京雅打斷了兩人的寂靜。她難以置信，呆呆望著跌坐在大門前的那兩人。

「江聿諾，你為什麼還沒有回家啊？」

沒有幫忙回答，未央將目光放回江聿諾身上，「上來吧！我幫你冰敷。」

「不用了。」

「喂，你的額頭……」

「沒關係。」他微笑，輕輕搖頭，「我沒有辦法在這種情況下跟妳待在一起。」

「啊？」她聽不懂。

站起身，他朝樓上的京雅揮了揮手，「抱歉，打擾了！等一下她應該會跟妳解釋。就這樣，我先走了。」

一直到他真的離開，未央都還回不了神。總覺得……江聿諾似乎有哪裡不一樣了。那不過是一瞬間的事而已，她搞不懂。

「未央，他怎麼會在我們家？」京雅望著走上階梯的她。

只是，她有一件事是確定的。

「因為我……」她的聲音很輕，輕得難以忽視那顆心，「我沒有辦法真正下定決心。」

所以，她遲遲不肯做出「選擇」。

「喂，你怎麼現在才來？」

張宇晟就站在那裡等他。江聿諾揉揉眼睛，隨意敷衍：

「昨天失眠啦！」

「失什麼眠？片子看太多？」

「最好是。」他瞪他一眼，「所以說，你有跟其他人說我為什麼遲到嗎？」

「有啊！就說你片子看太多。」他又說。

他直接揍張宇晟一拳。

「不過，公關長最近緋聞纏身，我想系會的大家是可以體諒的。」

「我有什麼緋聞？」江聿諾停頓了一下，「……夏未央喔？」

「你最好是不知道。」他鄙夷，「我都不知道冰山美人可以跟別人傳緋聞。結果，第一個就是你。」

「但我跟她真的沒有在交往。」

「我也這麼覺得啊！不過……」張宇晟忽然壓低聲音，神祕兮兮地說：「剛才你還沒來，你知道系會傳成什麼樣子嗎？有一年級的學妹說，夏未央假借幫好朋友復仇的名義，主動跑去勾搭你！」

「誰說的？」他的眼神冰冷。

發現好友忽然變了臉色，張宇晟也識相，語氣變得婉轉：「不知道，那個學妹不在系會，是我剛才聽楊志彥說的。」

「未經證實的謠言，怎麼敢亂傳？」那個女孩是多麼保護她的朋友，這他還不曉得嗎？

「呃，你也不用那麼生氣啦……」張宇晟發現他不對勁，「他們也是聽人說的啊！大概覺得都是自己人，所以才……」

他的話還沒說完，江聿諾已經將他遠遠甩在後頭。望著他急促的身影，張宇晟忽然有了和以往不同的感觸。

「你也會露出這種表情啊？不是對每個人都很親切嗎？」他低笑。

江聿諾闖進系辦時，正好聽見那群人說閒話。

「我也覺得夏未央不是那種人，但既然是她朋友親口說的，那——」

「既然覺得她不是那種人，為什麼要在背地裡討論她？」

「江、江聿諾？」

出聲的人就站在系辦門前。當他們看見來人，一致被嚇到了。

「也、也不是在背地裡討論她啦！畢竟是你的事，我們也想知道她是不是那樣的人。不是那最好，但如果是的話，你也能離她遠一點。」

「是啊！而且她不是不跟男生說話嗎？她為了你打破規則，代表也有一定程度的好感。」

「我想請問，」他平靜地環視，「是誰先說這些八卦的？」

「呃……」器材組的楊志彥默默舉了手，「是我。我聽學妹說的，她叫做林芝婷，是B班吳宛琪的同事。」

猜得沒錯。他不信復仇這種事，夏未央會把它說出去。

「所以，你並沒有直接聽吳宛琪說？」

「一、一般人也不會去找她問吧。」

「那麼，你說大家是為了我才討論這件事的，但你們連本人都沒有去求證，怎麼可能在這邊隨便說說就把真相討論出來？」

他被問得一愣一愣，小聲地說：「不過吳宛琪也不會承認吧……」

「既然她不會承認，那又為什麼要說出去？這種一聽就知道是祕密的事情，等八卦一出現，吳宛琪一定第一個被懷疑。」

「這……我也覺得很奇怪。」

「所以換個角度想，你們不覺得根本就沒有這回事嗎？不，應該說……」江聿諾斂下雙瞳，沉靜地說：「吳宛琪是說了，但她只是陳述事實。真正加油添醋的，就是你口中那位學妹。」

張宇晟張大了嘴，「原、原來是這樣啊！」

「但是，學妹為什麼要加油添醋？」

聽了，江聿諾勾起唇角，「記得那學妹是誰嗎？去年被一年級推出來選校園大使，卻被夏未央以高票刷掉的那位。後來，夏未央對校園大使一點興趣都沒有，所以把這個位置讓給了她。我想，她因此覺得羞辱吧。」

他記得林芝婷去年有跟自己告白過。在倒追他那段時間，有稍微提到她很不喜歡夏未央。

「靠！我就知道是這樣！」有人開始放馬後炮。

「其實我對未央的印象超好的！本來就不相信她會那樣對朋友。」幾個女生紛紛附和，「呼，真是太好了。」

她們說得沒錯。夏未央雖然不跟男生說話，但對女生都很親切。在系上，喜歡和她相處的人多得是。

「不過，事實到底是什麼啊？阿聿你知道嗎？」楊志彥好奇地問。

他的記憶又回到那一天。

第一次聽見她說話的聲音、第一次發現她眼裡的溫度……這一切，都像是從來沒有發生過。因為現在的他們，自然而然就能談上幾句話。

想起她困窘的表情，江聿諾的神情變得柔和。

或許他，真的……

他忽然瞇眼，笑。

那抹耀眼，讓他們看呆了。

「女神並沒有喜歡我，更不可能倒追我，請各位宅男可以放心，不過……」

她不斷地在他的心上劃出痕跡，一筆，又一筆……

當他驚覺之際，那顆心已磨成了思念。

「我喜歡她。」江聿諾溫篤地宣告：「是我，喜歡夏未央。」

他從來沒有想過自己會是那麼誠實的人。

「所以請關上你們的嘴巴。這份感情，我會親自對她說。」

期中考後，未央再也沒有聽見關於自己的傳言。那些流言蜚語就像從來沒有出現過一樣，從她的生活中消失了。

然而，這並沒有降低她的困擾。因為，系上的人總是用奇怪的眼神看她。該怎麼形容呢？看起來沒有惡意，但也不可愛。啊！說是「看好戲的目光」比較貼切。

到底發生什麼事了？雖然好奇，但她不想問。

「未央，妳這支手錶很好看耶！新買的？」京雅一下課就來找她。

她呆了一下，視線停駐在桌上的那支錶。很好看嗎？是那個人選的。

「不過妳怎麼不戴在手上？」

「……我不習慣戴錶。」

見她異常冷淡，京雅也不再追問，「啊，我跟宛琪想去學餐買飲料，妳要去嗎？」

「不了，我想休息一下。」

「好啦！看妳昨天很晚才關燈。」

未央笑了一下，便趴在桌上休息。過一會兒，她從手背旁露出雙眼，靜靜望著那支深藍色手錶。雖然她沒有要把它戴上的意思，但還是帶來學校了。為什麼呢？明明手機也可以看時間。

上一次收到他的禮物是什麼時候？

想起來了，是在幼稚園吧！那時候他們還住在一起，爸媽也是。哥大她一歲，已經在念大班了。那一天，哥匆匆忙忙地跑到她的班上找她。滿臉灰塵，臉上卻綻放著笑容。

「妹，我剛才幫老師擦地板，拿到的糖果喔！老師說是外國的糖果！給妳一個！」那時候他這麼說。

那個糖果很甜，還害她蛀牙了。

不過，真的很好吃。

真的很好吃……

她覺得眼眶發痠。回憶的重量壓在她的身上，隱隱作痛。她不自覺地伸手按住自己的背。對她來說，那或許就是禁區吧。

忽然，視線被一道陰影蒙住。

她茫然抬起頭，撞上了對方眼中的雪亮。

「夏未央，妳週末有沒有空？」此話一出，不只是她，班上的人都看呆了。

未央怔住了，一言不發地望著江聿諾。而對方，只用一張調皮的笑臉回應她。

這、這裡是教室耶？有很多人耶？他直接找她說話？

「嗨？」他在眼前揮手。

未央瞪大眼睛，輕聲問：「……你在幹嘛？」

「我？我在約妳啊。」

「我不是說這個。」

「嗯，我知道。」江聿諾彎起一弧燦爛，照得她差點無法直視，「所以說妳有沒有空？」

發現他是認真的，未央躲開目光，將內心的躁動隱藏起來，「應該沒吧。」

「就知道妳會這麼說。」他似乎一點也不介意。江聿諾從口袋中掏出兩張票，「如果是這個呢？妳想去嗎？」

她困惑地拿起來看——咦？是立花繪理香的３Ｄ畫展！這不是早就被秒殺了嗎？她上個月在售票機前搶不到的那個！

未央滿臉震驚，「你怎麼搶到的？不，你怎麼會知道她的畫展？」

很滿意她的反應，江聿諾笑得露出白牙，「哈！妳也有這種反應啊？」

什麼鬼？她的熱情被澆熄，豎起雙眼瞪他。

「好，別生氣。」他笑著解釋：「我在妳房間看到很多畫集，其中有幾本就是她的。我上網找她的名字，發現她最近來台灣的美術館辦畫展，所以……」

「所以你怎麼搶到票的？」她的重點。

「那天我蹺課啊！在售票機前面夜排。」

「……你幹嘛？」

「妳到底要不要去？」他的重點。

有時候她真的很搞不懂他。總是突然出現，又突然動搖她的意志。拿她喜歡的東西來引誘她……也太過分了吧！等等，引誘她？

未央再一次對上他的清亮雙瞳。充滿自信的邀約，彷彿宣告她的意願將被輕易左右。然而，為什麼呢？

「我只去一下。」髮絲掩蓋了幾分赧意。

為什麼呢？她竟然不討厭。

為什麼呢？她想知道他邀約的原因。

為什麼呢？她忘了那些是非，忘了自己還在意的他和她。這一刻，她的眼中只有那張笑臉，再沒有其他。

她還是先回了家一趟。原本打算這一週在家裡度過的，但那傢伙突如其來的邀約，讓她必須在禮拜六晚上就回到宿舍。離開前，媽媽接了一通電話，語氣聽起來有點為難。

未央縮回步出玄關的腳，轉頭看了客廳一眼。

「……這個月不用啊？好吧！」媽媽的語氣聽起來很安心，卻又貌似感到驚訝，「未央嗎？好像還沒走，你等一等。」

她睜大了雙眼。那一刻，她火速開了門，彷彿在逃避什麼一樣，將那通電話甩在後頭。是誰，她知道。

明明自己也有手機，卻特地打到家裡。對方非常了解她啊！他知道，她是不會接他電話的。永遠都不會接的……

「喂！妳也專心點。」一張放大的臉奪走她眼底的心事。

「別靠我這麼近。」回過神來，未央悶聲說。

在日本擁有「靈魂描繪手」之稱的立花繪理香，畫展入場票幾乎在開賣後的十分鐘內就賣完了。當時未央雖然特地蹺了一節課，但還是被當掉的售票機給陰了。唉，不過是個3D畫展，怎麼搞得像演唱會一樣限制人數？更不敢相信的是，眼前這傢伙居然還去夜排，難道他對畫展很有興趣嗎？

不對，他很明顯是為了自己。但為什麼呢？他總不會要追她吧。

未央輕輕地看了江聿諾一眼。對方笑咪咪的，似乎也沒有什麼話要說。

「算了。」

「什麼？」把兩張票給了工作人員，江聿諾不解地看她。

「沒事啦！」不管對方的目的是什麼，她能來看畫展就是賺到了。

「難道妳是說，」他的臉居然又在眼前，「我可以靠近妳了嗎？」

「不、不是！」未央窘得炸毛。

江聿諾伸手輕推，將未央拐個彎推進了展場，「知道啦！妳真可愛。」

她才不想被他那麼說！

無法應付那傢伙若有似無的調戲，未央逕自將注意力全部放在一幅幅畫上。不愧是3D畫展啊！每幅畫都藉由特效變得立體，那些人彷彿就在眼前，向人們訴說各式各樣的故事。

如果人也像畫一樣好懂，那就好了。

「真厲害。」令人意外地，江聿諾也看得很入迷。

她望向他專注的側臉，下意識問：「你懂這些畫嗎？」

「不懂啊！只是喜歡而已。」他回望她困惑的視線，溫柔地反問：「一定要懂，才能喜歡嗎？」

他的語氣太過溫柔，溫柔得像是在說別的事。她不去猜測，卻無法忽視自己的心。

想知道吧！想知道他到底在說什麼，想知道他為什麼不斷靠近，想知道他……

「小心。」有人撞到她。江聿諾輕輕地攬住她手臂，人又往他更近了一步。「唉，雖然限制了入場人數，但人還是很多啊！妳站在這裡吧，我這麼高，應該不會有人想撞我，哈！」

……她，想知道江聿諾是不是喜歡她。

「嗯，謝謝你。」她輕聲說。

愈晚，人潮就愈多。時間已經接近傍晚，他們待在樓上的餐廳，準備在這裡解決晚餐。服務生送來了菜單，江聿諾卻在此時叫住那位男服務生。

「嘿，何睿！」

「咦？」名叫何睿的服務生疑惑地盯著他，「請問……我們在哪裡見過嗎？」

「你認不出我了？」他失笑，「我是江聿諾啊！你的國中同學。」

何睿看起來不是很相信，似乎很勉強才從江聿諾的臉上辨認出熟悉的輪廓，「真、真的是你耶！哇靠，你也變太多了吧。」

「有嗎？不過是矯正了牙齒而已。」

「哈！有，變得超多的，你現在很帥喔！」何睿的視線轉而望向未央，「這位美女是你女朋友嗎？」

江聿諾看了沉默的她一眼，「還不算啦。」

「……」未央囧。

「原來如此，我才想說你怎麼從以前到現在都專門交校花級的。」何睿推了一下菜單，「好啦！改天再聊，你們先點餐。」

何睿離開之後，江聿諾注意到女孩猶疑的目光。

「妳怎麼了？」他問。

「你國中長得跟現在差很多嗎？」

「算是吧！我有幾顆暴牙，現在已經矯正掉了。」他笑著露出一口整齊的白牙。

「那，什麼叫做『不算』？」

「妳想知道嗎？」他單手撐住下巴，眼神銳利。

「算了。」她躲開殺傷力十足的目光，「還有，專門交校花級的是……」

「妳好像……」江聿諾笑了開來，瞳孔卻變得更深，「很介意我以前的事？」

「才、才沒有呢！她的臉一紅，露出極度厭惡的表情，「當我沒問！」

他笑得更開心了，「哈！我喜歡妳的反應。」

「……」

八成知道女孩為什麼懊惱，他緩了緩自己的笑意，「不過，如果妳不喜歡的話可以直接告訴我。」

「不喜歡什麼？」

「我一直捉弄妳。」

有時候，她覺得這個人的笑容很討厭。正是因為討厭，所以才不用費神思考另一個理由；因為討厭，所以不用花心思去探討……自己為什麼會被他的笑容牽動情緒。

「沒有不喜歡。」她不再注視他，卻說了一句沒有邏輯的話，「但是，也很討厭。」

這一天，其實很快就結束了。他們下午才見面，一轉眼，天色已經暗了下來。江聿諾將未央送回宿舍，在他準備離開時，未央再度叫住了他。

為什麼他什麼都沒說呢？這個邀約……應該要有什麼意義才對。

他拿下安全帽，對她微笑，「怎麼了？妳又要說妳以後不會再跟我說話？」

「不是。」這樣想起來，她也不曉得自己是什麼時候打消念頭的。不過，這個不重要。「今天……謝謝你約我去看展覽。」

他似乎不大習慣未央的禮貌，但也從容回話：「不用道謝啊！是我擅自買了票，還拖妳去看。」

「還有一件事。」

「什麼事？」

她望進江聿諾平靜的雙瞳，才意識到自己其實比他更在意。她蹙起秀氣的眉，把「不甘心」都揉進一句話裡，「江聿諾，你為什麼要約我？」

聽了，江聿諾斂下唇邊的笑。他從來不清楚什麼是短暫，什麼又是永恆，但回答她的這一刻，他兩者都能感受得到。

一句短暫，卻是永恆。

「……妳真的不知道嗎？」在她溫柔的眼底，他的聲音藏不住多情。

他又說了那句話。

「夏未央，我知道妳很介意吳宛琪喜歡我的事，但是……」他很認真，「我要妳知道，這不會影響我的決定。」

什麼決定呢？他沒有說。

但是，她似乎已經明白了。

而她需要明白的事，是比想像中更多。

她一直都知道面對那個女孩的時刻終究會到來，卻沒有想過會來得這麼快。應該說，她注意他們很久、很久了。對愛情那麼細心的人，怎麼可能沒發現呢？

宛琪站在房門前等她。沒有憤怒，沒有眼淚，只有平靜無波的目光。

「為什麼是江聿諾呢？明明有那麼多男生可以喜歡，為什麼偏偏是他？」

她在不能言說的心傷中，聽見她胸口破碎的聲音。

Chapter 05　是時候了

程頤哥哥叫她幫忙布置教室。不過，他自己跟女老師聊得很高興。

小女孩看著他們的背影，生氣地把紙花剪得亂七八糟。

「未央，小心不要剪到手。」少年拾起她柔軟的手。

她抬頭，望入他如晨星的瞳孔，「你不要跟老師說話。」

少年低聲問，「為什麼？」

他凝視她氣得不說話的表情，目光變深。

連京雅也知道了，她和宛琪的事。雖然那並不是絕裂，但確實影響了她們之間。

那一天，江聿諾送未央回來了。當她關上玻璃門，目送江聿諾的機車離去時，她想，有些事她真的該好好思考。

但，宛琪在夜色中望著她。

「你們……去約會嗎？」傳進耳裡的是她微弱聲音。

「不……」不是嗎？

未央忽然愣住了。雖然她並沒有「約會」的意思，但看在別人眼裡，不就是嗎？

「他買了立花的票，也約我去看畫展。」說完，未央怕傷了她，又急忙調整說法：「就只是順道找我一起去。」

「他為什麼會知道妳喜歡的畫家？」

「因為……」他來過她的房間。但是，這該怎麼說呢？

宛琪勾起了溫婉的微笑，「其實我知道啦！他來過，對吧？」

她怔忡，不明白宛琪是什麼時候知道的。

「他摔下樓梯的聲音那麼大，我都被吵醒了。還有，我也早就知道妳瞞著我跟他拍微電影。是我去問瑜馨的，她很驚訝為什麼妳沒提早告訴我。」

「宛琪，我……」

「不用道歉！」她的語調變了，帶著幾分不捨，和一點點的不甘心，「我知道妳不想讓我難過，但事情還是發生了。那些事，其實我都無所謂。拍微電影？你們看起來天造地設，也沒什麼不好；來我們家？怪我在太剛好的時間回家，導致妳需要把他藏起來，這我也不介意，不過……」

宛琪在那一刻紅了眼眶。沒有落淚，卻讓人心疼。

「不過我聽見了他剛才說的話。」她深深吸了一口氣，「未央，連我都知道他是什麼意思了，妳怎麼可能不知道？」

是啊！她怎麼可能不知道呢？

未央在寂靜中望住好友，想像著她倒映眼底的傷。她不能觸碰，只因為自己是兇手。

即使她並沒有做什麼。即使她，也很動心。

「為什麼是江聿諾？明明世界上還有那麼多男生，為什麼偏偏是他？」她傷心地低喃：「我不是他女朋友，以後也不可能是，但，為什麼我還是想問妳？」

為什麼是江聿諾？她不知道。

可是……

「每個人，對每個人來說都有不同意義。」連自己都沒發現的情況下，未央壓抑的情緒已經傾瀉而出：「不是誰都可以。我不知道他對我來說有什麼意義，但我似乎……」

她似乎無法放手。

未央的聲音很溫柔，溫柔得讓她痛苦。

「是啊！對不起。」宛琪閉上雙眼，「是我太任性了。你們，明明就很登對啊！」

其實她不想聽見那樣的話。但在這一刻，不回答就是最好的回答。

「感覺在預料中啊！」

京雅往宛琪的方向望過去一眼，發現她正在跟其他同學說話。雖然那天並沒有得出什麼結論，但這幾天來，宛琪找她們說話的次數的確變少了。「宛琪是個善良的人，她一定不可能跟妳翻臉的。現在，她應該在想辦法消化那份尷尬吧。」

「如果是妳呢？」

京雅愣了一下，望著流露傷感側臉的未央。她知道，宛琪並沒有恨她，但未央還是很痛苦。

「如果是妳，妳會討厭我嗎？」

「我……」京雅彷彿感受得到她的不安，英氣地豎起了眉，「我才不會為了愛情跟好朋友鬧翻！妳不要自責了，根本就不是妳的錯。要怪就怪江聿諾那傢伙，看上妳的美色——」

「他沒有。」未央搖了搖頭，「幫宛琪報仇的那天，他拒絕我了。」

「咦？好意外！」

「京雅，我也很意外啊。」她微笑，眉宇卻緊緊鎖著，像是在說自己的心一樣。

下課後，她們準備到下一個教室，宛琪在這時候跑來找她們搭話。

「我想跟妳們說一件事！」她說。

未央抬起頭看她。

「快放暑假了吧！我們原本不是說要一起住三年嗎？」

「是啊！」京雅奇怪地問：「原本？是什麼意思？」

「我……想搬到離打工的地方近一點的宿舍。」

「啊？」京雅率先反對，「我們家離那裡也不遠啊！妳也這樣騎了一年了，怎麼突然說要搬？」

「就只是想透透氣。」驚覺這樣的說法不太好，宛琪又說：「換個地方也不錯啊！妳們放心，我只是跟我同事交換宿舍，大四應該會再搬回來。」

「同事？誰？」京雅揚聲叫：「我不想跟不熟的人住啊！」

「她是系上學妹啦！妳們也看過。」宛琪慢吞吞地望向未央，「未央，是那位校園大使，林芝婷。」

啊！是那個長得蠻可愛的女孩。未央還有印象。

「我記得她。」

「她人好相處嗎？」京雅挑起眉。

未央頓了下，「應該還不錯。」其實，她跟她不是很熟。

「很好相處啦！妳們就不用擔心了。」宛琪笑著說。

見她堅持，京雅也只能無奈地說：「真是的！突然就說要搬出去，我跟未央會很寂寞耶。」

聽了，宛琪輕輕地看了不說話的未央一眼，「我……也很寂寞啊。」

是會寂寞，可是，她好像什麼都做不了。

後來，兩個好友都在下課後先走了。一個要打工，另一個要練球，就只有她沒什麼事。她要去停車場之前，忽然想起自己的課本忘在教室了。她放在椅子下面，也難怪沒注意到。

於是，她再度回到管理學院。

「喔，那不是夏未央嗎？」

張宇晟一邊咬著飯糰，一邊拍了下好友的肩。江聿諾從手機螢幕上轉移目光，很快地捕捉到窗外女孩的身影。她低著頭匆匆走過，心情看起來不是很好。

江聿諾放下手機，在離開教室前，回頭對著張宇晟自信一笑：「呵，謝啦！」

教室裡的人都看呆了。

「靠……」張宇晟和其他人同時說：「我為什麼覺得心跳有點快啊？」

走進教室時，果然沒人。未央走回座位，將被遺忘的課本塞進了包包裡。她往前一望，注視著無人清理的白板。

她邁步，慢吞吞地拿起了板擦——

如果煩人的情緒也可以像這樣消失就好了。

「消失……」

她低聲呢喃。眉睫，不自覺地顫了顫。

眼眶刺痛。

她的愛，永遠都是那麼沉重。程頤是如此，哥哥也是如此，還有……

還有……她緊緊閉上眼睛。

「夏未央。」背後傳來熟悉的聲音。

她怔住，倉皇地對上那個男人的雙眼——

「呵，我看錯妳的課表了，還好妳還沒走……嗯？」是夏承宴，她從那一年起就不再承認的哥哥，「妳在哭嗎？」

在哭嗎？

那一瞬間，她眼底的傷全數湧現，化作輕盈淚珠，重重地打在夏承宴僵硬的心上。

她把自己看得太輕，卻總是傷重。

「妳……」

他嘆了一口氣，將她的脆弱擁進胸懷。原來，他的溫柔還沒有死去，他依然是那個愛護妹妹的哥哥。「別哭了，哥在這裡啊。」

他早已回來了，只是她不曾回頭。

他的擁抱，像是一場不切實際的夢。彷彿只有在這裡才能卸下武裝，彷彿只有如此，她才能坦然地向家人撒嬌。

夏承宴並不清楚妹妹的悲傷從何而來，但他，緊緊揪著心。

而他……

江聿諾站在門外，沉默地聆聽身後的哭泣聲。她為了什麼而掉淚，他大概明白，只是……

這一刻，還是別打擾這對兄妹吧。

「所以妳為什麼要哭？」

前往停車場時，夏承宴緊緊跟在未央後頭。他又恢復輕浮的態度了，還是那麼討人厭。

「別問了啦。」未央覺得很丟臉。

她居然抱著哥哥大哭！他可是夏承宴耶，是那個既暴力又脾氣差的恐怖份子！真是夠了，她一定是被宛琪的事打亂了步調。

她在機車前停下腳步，「你為什麼要來？」

「喔，我只是來看看妳。」他望了一下她的手腕，「……妳沒有戴嗎？」

「什麼？」

「我送妳的手錶。」

她的心口輕輕震盪。「我不習慣戴錶。」

「……是嗎？」夏承宴別過目光，平靜地遠望天際。

「但是，我有帶在身上。」

「嗯？」他低頭看她。

她竟為了他的情緒而調整說法，覺得很不自在，「我說我有帶在包包裡！」

聽了，他再度綻放那種她非常討厭的驕傲笑容，「喔，是這樣啊！」

「而且，你幹嘛叫江聿諾給我？」她瞪著那個笑容。

「因為我覺得，妳可能比較想收他的禮物。」

她傻住，靜靜地望著一臉嗤笑的夏承宴，「你什麼意思？」

「意思是……」他望穿了她的眼，「妳已經放下程頤了嗎？」

這個名字，恍如時光洪流般又回到她的心裡。

「我聽那傢伙說，妳還會寫信給他？」他好奇地問：「那麼多年了，難道他沒有回信給妳嗎？如果有，妳怎麼可能放得下他。」

「我並沒有放下。」未央搖搖頭，「但是，他也從來沒有回過信。」

「真是奇怪。」

「……我要走了。」她拿出機車鑰匙。

「其實我等一下也有事。」他俐落轉身，臉上掛著輕浮微笑，「那，再見了。」

有事？有什麼事呢？

直到夏承宴緩緩走遠，未央都還在原地看著他的背影。好幾年沒有和平地說過話了，所以她剛才很不自在。不過，這算是好事嗎？代表在她心目中，或許還是有這個哥哥的存在。

只是，她背上的記憶似乎又痛了起來。

「夏未央，這學期的『與老師有約』妳有要去嗎？要去的話在上面簽名。」學藝將報名表推給她，「這次的免費便當好像不錯喔。」

雖然明白對方不會跟男生說話，但學藝還是盡責地說明這個活動，「我記得妳之前都有去，這次也捧場一下吧？」

未央看了一下，也在上頭找到京雅和宛琪的名字。點點頭，她很俐落地在紙上簽了名。正要把報名表還回去的時候，她平淡的雙眸在觸見那三個字時躍動著光。

江聿諾也會去？記得之前都沒看過他。

想起了對方的事，和那股桀驁的自信……

未央忽然勾起微笑，「謝謝你。」

接受他的建議，或許並沒有那麼難。

「咦？」學藝傻住了。

一直到未央走遠，那個石化的男同學都還愣在那裡。

「……夏、夏未央跟我說話了！」

而那個聲音，不久便傳進了眾人的耳朵。當然，也包括始作俑者。江聿諾回過頭來，盯著那個把報名表拿回A班的B班學藝。學藝絲毫沒注意到他的目光，還在向幾個認識的人炫耀。

喔，之前倒是有聽說那個學藝蠻欣賞她的？江聿諾輕挑一下眉。

「又不是被她告白，你在那邊爽什麼啦？」有人笑他。

「不能爽嗎？她從來不跟男生說話耶！」學藝指著對方的鼻子，「難道她有跟你說過話嗎？」

「有啊！剛才我有事到隔壁班去，不小心在門口撞到她，她也跟我說沒關係。」那人的鼻孔哼出氣。

「真的假的？原來我不是第一個。」

「你早就不是了！江聿諾才是——」

「在說我嗎？」江聿諾笑咪咪地出現在兩人之間。

看見是他，兩人感興趣地問：「阿聿！她是不是受到什麼刺激？」

刺激？也不算吧！只不過是夏未央接受了自己的建議。但，為什麼呢？

「我不知道，不過……」他忽然笑得更熱烈，「就算她不再那麼難以親近了，你們也別去騷擾她喔。」

「喔……」兩人同時抖了一下肩。

背後好像毛毛的？

「唉，他很認真地在追女神啊。」張宇晟涼涼地說。

下課後，江聿諾前往系辦工讀。在成堆的資料中，他想事情想得入神，完全沒有注意到系主任靜靜地站在他眼前。

「聿諾啊！真難得看你在發呆。」

「喔？主任。」他頑皮地笑開來，「抱歉啦！總是會有比較不專心的時候。」

「嗯，你真的很不專心。」沒想到，平時冷靜的系主任居然意有所指地笑了，「也不看看誰來了？」

誰來了？江聿諾一回頭，便看見那個站在列印機前的女孩。她的側臉，看起來還是那麼清美。

等等，這麼說……

「系主任……」該不會也知道他跟夏未央的事吧？

「看什麼？快去幫忙啊。」

「呵，好啦！」他扯唇一笑。

他向前走了幾步，迅速地搶走女孩手中的資料。她嚇了一跳，抬頭注視來人的愉悅笑臉。

「什、什麼？」未央反應不過來。

江聿諾逕自啟動列印機，「我幫妳印吧！」

對喔！江聿諾在這裡打工。都怪她一路上想了太多事情，卻忘記「當事人」就在這裡。

不！什麼當事人？她只是剛好想起他而已。

八成沒發現未央複雜的心情變化，江聿諾將資料印好後便裝訂給她。安靜地接下成品之後，她向他輕聲道謝。聽了，他看著她，專注的視線變得柔和。

他果然很喜歡聽她說話。

「要不要餵魚？」

「啊？」未央愣了一下。

他示意身後的魚缸，「那裡有很多隻魚，我上班都看著牠們，很可愛吧？」

江聿諾給她一罐魚飼料，要她直接餵就可以。未央走了過去，看見那幾條橘色的魚時，還回頭望了他一眼。

「怎麼了？」

「餵太多的話，會不會死？」

他笑了笑，走過去將適當的飼料量倒在未央手中。他輕碰她的手，害她不自覺地縮了一下。說起來，這是在他的「宣言」之後，他們第一次的近距離相處。

她望著那些魚，眼底倒映的卻是他反射在玻璃上的臉。如此耀眼，又神采奕奕。難道，他就不會有困惑的時候嗎？

「聽說，妳開始跟其他男生說話了？」他的聲音很近。

她下意識轉頭，眼底是他放大的俊秀臉龐。

「雖然是我建議妳的，不過我……」他的眸中是多情的怨懟，「我竟然不是很高興啊。」

「唔？」她一時難以應對，臉微熱。

「哈！」江聿諾笑著帶過，「喂，妳等一下有課嗎？」

「……到五點。」

「那麼，一起吃飯吧？」

她又瞪大眼睛，完全招架不了他的直率，「你不用工讀嗎？」

「我上到五點半，不過系主任會讓我走的。」

「為什麼？」

「妳轉頭看一下就知道了啊。」

她轉頭撞見系主任曖昧的笑容，頓時感到臉頰熱辣了幾分。奇怪？為什麼主任跟系上的人露出一樣的表情？他到底做了什麼才讓他們變得這麼招搖！

「妳的回答呢？」他又笑問。

別、別問她這種事啦！她別過頭，一言不發地餵著魚。

魚兒透過玻璃映出淺光，她不動的側臉，彷彿也染上了溫暖橘影。她在難以應對的氛圍中克制自己，不願去思索答案。因為，她深知那顆心躁動的原因。不去想，就不用拼命煩惱了。

但是，她明白她的心渴望溫暖。

「那我就去吧。」

一旦答應了，枯燥的心就有了溫度。

江聿諾的微笑加深，輕聲說：「嘿，妳有沒有想過……」

「什麼？」

他幾經思考，還是決定不問了。

「沒什麼，五點在停車場見吧！」他輕拍她耳鬢的髮。

有沒有想過……

為什麼會答應他的邀約呢？

江聿諾凝視她看似落荒而逃的可愛背影，覺得還是別逼得她炸毛好了。

「啊！」一隻貓跳到她腿上。

她坐在沙發輕摸貓咪的頭，小心翼翼，似乎不怎麼習慣跟動物相處。一抬頭，未央撞見江聿諾戲謔的眼神，忍不住皺眉出聲：

「你看什麼？」

「看兩隻貓在玩。」

「……我不是貓。」

後來，他們的確出去吃飯了。但兩人都不是很餓，所以來到這家名為「貓咖啡」的輕食餐廳，稍微填個肚子。聽說，這家餐廳總是擠滿了人，需要現場候位才進得去。不過，江聿諾有個在這邊打工的朋友，就先幫他們留好位子了。

未央望著門外還在候位的客人，突然覺得很不好意思。

「別擔心，我們也算是蠻早來的了。」江聿諾看穿她的猶疑。

「你的朋友怎麼都在餐廳打工？」她問起別的事。

他輕撫腳邊的另一隻黑貓，輕描淡寫地說：「打工，最普遍的就是餐飲業吧？我本來也想來這裡打工，但爸媽不准。」

「為什麼不准？」

抬起眼，他的眸中閃過一絲顧忌。

家裡的狀況並不是不能給別人知道，但是……

她是夏未央。

「我爸媽不想讓小孩在讀書的時候賺錢養自己。」正因為在乎，所以他深怕她有了和那些女孩一樣的想法。

「你的說法還是很奇怪。」她垂眸，濃密長睫在臉上刷出了柔和陰影，「不過……算了。」

他若不說，她也不想隨便探問。

而那份溫柔，使他的笑意變得柔軟。

「那妳呢？沒打算找工作？」

她愣了一下，想起了生活無虞的自己。單親的她，為什麼不用打工也能過得很好呢？

未央的臉色一沉，深深感受著回憶的重量。

「目前還不需要。」

「那也不錯啊。」他似乎有感而發，「不管妳喜不喜歡現在的生活，那終究是犧牲一點什麼才能換來的平穩。只要這麼想，就覺得心裡比較舒服了吧？」

真奇怪的想法。不過，她因此彎起嘴角。

「對了，妳不常跟貓玩嗎？好像不知道怎麼哄牠。」他笑看那隻躺在她腿上耍任性的橘貓。

「很少……」

「妳看，牠明明就要妳搔牠的肚子了，別一直扯尾巴啦。」

說完，江聿諾坐過來沙發這裡，距離一下子拉近了。他調皮地搔貓咪的癢，逗得牠翻滾不休。未央一方面擔心裙子被那隻貓掀起來，一方面又擔心他會發現自己的無措。

真是一點都不安靜的貓。

不過，當她望著他親和的側臉時，忽然希望能將所有事情拋諸腦後，並專心地感受他的陪伴。像這樣一起跟貓玩，似乎能讓她陷入一種和以往不同的情緒。那是什麼呢？為什麼……她會覺得有點幸福？

她抬起眼來注視對方，將這一刻偶然發覺的情感投入那雙眸中。那雙眸，也看著自己。

他捕捉那一瞬的美麗，她戰勝困惑，被吸引得目不轉睛。

「那我告訴你我哥的事。」

「妳想知道我家的事嗎？」

不同的話語，卻代表相同的信任。或許，他們都準備往前走了。

在她八歲之前，未央的家庭算不上特別溫馨，卻也不曾缺乏過什麼。爸媽就像一般夫妻，偶爾會吵吵架，但不會起太大的爭執。

偶爾爸媽吵架時，未央總是被大她一歲的哥哥保護著；當爸媽之間的氣氛變得沉悶時，哥哥就會叫她不要怕。

但，八歲那年，媽媽發現爸在外面有女人。小小年紀的她，其實不懂什麼叫做「外遇」，她只知道，媽媽在那一夜決定離開爸。由於爸爸的經濟基礎比較穩定，他們協議兄妹都待在爸爸身邊，而媽隨時可以來看孩子。

即使如此，孩子們還是感到寂寞。哥哥總是安慰她，彼此的生活沒有過得比較不好，媽媽也常常來看他們，所以，沒關係的。

本來是沒關係的。

爸爸並沒有將那個女人迎入家庭。應該說，那女人只是一時意亂情迷的錯誤。爸爸告訴他們，他很愛媽媽，但媽媽不會再回到他身邊了。他每一天都這麼說，說到連兩個孩子都厭煩了。

「愛媽媽的話，一開始就不要去找阿姨呀！」八歲的未央這麼教訓爸爸。

沒想到，喝了酒的爸爸動怒了。他想對未央施暴，卻被哥哥用身體擋下了。

從那次之後，爸爸只要喝酒就會對小孩動粗。每一次，都是哥哥擋在她的面前，然後，眼睜睜地看著哥哥被教訓得更慘。深怕爸爸對哥哥做出更過分的事，未央遲遲沒把這件事告訴來探望的媽媽。

未央九歲時，爸爸因為酗酒而丟了工作。失業的他，找了個工地的活來做，還把十歲的哥哥拖去幫忙打掃。至於未央，爸爸叫她每天自己走去他認識的人開的育幼院，下班才去接她。

「我在育幼院待了很久，國中的時候才離開。」望著難得安分的貓咪，未央輕輕地說。

「聽起來……妳哥很愛護妳，不是嗎？」江聿諾凝視她的憂傷。

「一開始是。」她抬頭，「但，國一那年我爸去世了。從此，我哥變了一個人。打架鬧事、酗酒抽菸、混幫派、偷東西……什麼都來。」

「為什麼？」

她從未想過自己有說出祕密的一天。但，只要想起傾訴的對象是他，便平靜得不可思議。他的聲音，彷彿是溫柔的引信。

「我爸從樓梯上摔下去，重擊腦部，幾天後就走了。我哥一直覺得是自己推的，他們在樓梯間爭執，爸爸很激動地說以後不會再喝酒，要哥相信他。但是，哥不相信，在拉扯的時候讓爸爸摔下去了。」

可是，她知道的。那時候，雖然哥口中說自己絕對不會相信他，但……

「其實妳哥還是抱持著希望吧？」江聿諾微笑。

她注視他，不明白對方的猜測是從何而來。

他繼續問：「不過，為什麼這件事會讓他變壞？」

「……他說，軟弱的人不配生存在這世界上。」

他說，要是他強硬一點，就不會一直被打了。

他說，要是爸爸強硬一點，說不定就不會出軌，也不會在出事之後還三心二意。

他說，要是他的心強硬一點，就不會認為爸爸是被自己害的。

他說，要是她也跟著強硬，那天就不會……

她閉上雙眼。

軟弱是痛苦的源頭。他這麼說。

「很悲傷的想法。」江聿諾彎起毫無笑意的嘴角。

他伸出手，拍拍她的頭。他的力道輕若羽毛，卻在她的心上重重地壓了一下。傷口很痛，且從未消失。

「總有導火線吧？」

她沒有看他，深深皺住了眉。傷口，又更痛了。

「我……」

「算了，下次再告訴我吧。」江聿諾忽然笑起來，「妳的故事，我可以慢慢聽。」

她細聽他聲線中蘊含的情感，詫異他的下一句話：

「那個人是誰？妳寄信的對象。」他又問起這件事了。只是，這一次她似乎無法避開。

「喂，我剛才只說要告訴你我哥的事。」

「但我連敵人是誰都不知道，感覺很不安啊。」他居然這麼說。

她別過目光，有一點羞澀，卻也有一點傷感。「……他才不是什麼敵人。」

「妳不是一直惦記著他嗎？」

「但是，」她的聲音漸弱，「他並沒有想著我。」

「我又不在乎他是怎麼想的。」

「啊？」

他的視線變得明朗，不馴的光輝重回她眼前，「妳是怎麼想的才重要吧？」

說、說得也是呢！不過，他怎麼從來都不會陷入困惑呢？

「程頤是去育幼院幫忙的學生，大我五歲。在我無聊的時候，他一直陪我玩。」

「妳喜歡他嗎？」

他的問題太過直接，未央一時不曉得該如何回答。難道，他聽了不會覺得刺耳？

「別問這個啦！」

「那他喜歡妳嗎？」

「這個問題不是一樣奇怪嗎？」

「喔，那……」他出其不意地靠近未央，嗓音低迴：「妳喜歡我嗎？」

她倉皇失措，沒料到接下來會是這種問題。江聿諾就是如此，一向調皮從容，讓她十分難以招架。

他偏著頭，微笑注視女孩漸紅的臉頰，看了半天也不說話。

直到未央紅了整張臉，江聿諾才說：「這個問題也回答不出來嗎？那，換妳問我了。」

「問你什麼？」

他的眸色變深，沒有說話。

該問他什麼呢？

她徬徨望住對方融於燈光的笑顏，那雙眸，隱隱約約地凝出了幾個字。答案，早已昭然若揭。

「你……」你喜歡我嗎？

她開不了口，而下一秒胸前一緊——

「哇啊！」

那隻貓踏上她的鎖骨，站著喵喵叫。不一會兒，爪子勾住了她胸前的衣服。

江聿諾伸手將貓抱了過來，笑著趕牠去找別的客人，「唉，小色貓。」

而她紅著臉的原因，為的是那隻貓，還是那個男孩，連她自己也分不清了。

其實，她真的沒有想過自己會跟他一起讀書。

期末考前，通常和她一起準備考試的京雅忽然得了重感冒，決定回家養病兼自習。而宛琪呢，前些日子提早把宿舍搬了過去，和那邊的室友在社區交誼廳讀書。所以，這一棟只剩下未央，和那個不是很熟的學妹林芝婷。學妹倒是蠻常找她說話，但兩人也還不到那種會一起讀書的交情。

無所謂，她可以一個人在房間讀書。

本來……是這樣的啦。

「妳在睡覺嗎？喔，沒有？那出來讀書吧。」某人直接打電話給她。對，是那天出去吃飯他要來的號碼。

她還是赴約了。而且，第一站是早午餐店。

「林芝婷搬到妳的宿舍？」

江聿諾今天穿了一件白色短T，前面的V字領微微露出鎖骨，感覺上挺適合他的。未央以低調的視線望著對方，看他一下子就把大冰奶喝掉三分之一。

「你認識她嗎？」

他想了想，「應該算……又不算是吧？」

這什麼回答？她皺眉，「我不懂。」

「簡單來說，她主動來認識我，但我不怎麼了解她。」

「她幹嘛主動去認識你？」這句話問出口，未央才驚覺自己根本是白問。

不出所料，江聿諾回她一個討人厭的笑，「哎，我怕妳會吃醋。」

誰要吃他的醋！

「所以呢？你難道想要特別告訴我什麼嗎？」她悶悶地別過目光。

「嗯……」他含著吸管，好一會兒才告訴她：「沒什麼要說的，但是……跟她說話的時候，妳多少也小心一點吧。」

為什麼要小心？就因為林芝婷喜歡江聿諾嗎？雖然跟她並不熟，但未央不覺得她是那種會搞什麼小動作的學妹。

但她沒有多問。望著飲料杯旁落下的水珠，她竟覺得和他在一起時，自己的心也變得澄澈透明。

讀完一個段落時，已經是下午三點。讓她感到意外的是，江聿諾念起書來還挺認真的。這幾個小時內，他都沒有打擾她。反倒是未央，在伸懶腰的時候會偷瞄對方幾眼，看看他專注的樣子。

注意到女孩的視線，他彎眸一笑，「妳有哪裡不會嗎？」

「不是。」她搖頭，「……你平常成績如何？」

因為在不同班級，未央並不知道對方的成績水平。

「其實我不喜歡念書，但為了拿獎學金只好拼了。」他沒有正面回答，卻給了她線索。

真、真是意外啊！明明是那種看起來很會玩的類型。

「怎麼了？」

「沒事。那，你每一次都拿獎學金嗎？」

他笑得更燦爛，「幾乎喔。不過，在我們班拿第一名不是難事。」

嗯？他的意思是他們班的人比較不擅長念書嗎？

「妳們班那個學藝不是常駐全系第一名嗎？」他又補充，「我沒那麼厲害，在他後面幾名。所以說，你們班的人真的比較強。」

都很強啦！未央默默地想。

「雖然你是為了獎學金才用功讀書，但這種事也不是隨便就可以做到的。」她頓了一下，臉頰泛起淡淡色彩，「所以，我覺得很厲害。」

他怔怔聽著，似乎也感到不大自在。她偶爾的坦率總是能深入他心扉，使他一時亂了步調。

但他，一下子就把這種情緒大方消化。

「我啊，家裡的經濟不好，所以才這麼努力地搶獎學金。記得我說過的嗎？我之所以會選擇學校工讀，是因為怕被爸媽發現我在打工。」

「為什麼怕被發現？」家裡經濟不好，不是更應該要打工嗎？

他止住聲音，有那麼一秒是在觀察她的反應。然而，他也忽然不怎麼害怕了。或許是因為夏未央看起來並不像膚淺的女孩。

「我爸生意失敗，欠了很多債。不然，以前的家境算是很不錯。爸媽不希望我打工，可能自尊心還高著吧。」

未央愣了一下，那瞬間沒有說話。

「前女友是因為這樣離開我的。」他抬眼直視，望進她停滯的目光，「我不敢說我因此被傷得很重，但那時候的確是有點難過。」

「我覺得……」她的聲音微弱，卻字句真心，「雖然家境變得不好，只要過得去，也不算什麼大問題。畢竟，你們都還很幸福啊。」

「還很幸福？」他一時聽不懂。

「像我，雖然爸去世的保險金讓我們的生活變得無憂，但這是用『幸福』換來的。我失去爸爸，也失去了跟哥之間的親密，更讓媽媽差點得了憂鬱症……如果這些錢必須用幸福來換的話，我寧可不要。」

江聿諾聽得出她聲線中深藏的遺憾。話已至此，他也總算明白她不用找工作的原因，不過……這份無憂，很沉重。

「嘿，試著跟妳哥和好吧？」

「啊？」她睜大眼。

「那樣的話，幸福就會回來的。把握自己還能擁有的東西，不是很棒嗎？」

在那份注定的悲傷中，他這麼告訴她。彷彿她的過去還沒有那麼絕望，彷彿只要她願意，一切都會隨之改變。是啊！比起很多人，她的家庭其實不算複雜，只是自己不願跨出那一步。

而那個人的聲音溫柔地提醒她——

是時候了。

「要怎麼做？」

「先關心他平時都在做什麼吧！妳覺得呢？」

不就是到處遊蕩，然後時常回家要錢嗎？未央皺了皺眉，逼自己別再想下去，免得心生厭惡。她望著真心替她想著辦法的男孩，忽然想起對方剛才提到的過去。

「你說……前女友因為你家沒錢而離開你？」

「嗯，那是國一交的女朋友。國二的時候家裡破產，她二話不說提分手，不到一個禮拜又跟同校的公子哥在一起。」

「所以她是因為錢才跟你在一起嗎？」

「應該是吧！」江聿諾勾起微笑，神情顯得雲淡風輕，「不然，我國中長得那麼醜，個性也很普通，她一個校花幹嘛跟我在一起？後來想想，我一開始也是被她的單純給騙了，以為她真心喜歡我。」

不就是幾顆暴牙嗎？會醜到哪裡去？未央直盯著他的端正臉孔，百思不得其解。

「很好奇嗎？」他看穿她的心思。拿出手機，他翻了幾張照片給她看。

螢幕中的江聿諾，看起來真的很不像他。雖然明亮大眼和高挺鼻樑都沒變，但矯正前的臉型比現在寬了一點。更別說那幾顆暴牙，讓他看起來像隻兔子似的。

不過，兔子挺可愛的啊？

未央看著看著，忍不住露出輕巧白齒，「噗！」

「喂，妳笑什麼啦？」他微愣。

「哈哈！」沒想到，她笑得更開心了。

他從未看過女孩真心綻放的笑顏。這一刻，他將她的美麗盡收眼底，忽然覺得無所謂了。

他一下子捏住她可愛的蘋果頰，無奈低喃：「我總是拿妳沒轍。」

她止住笑聲，還來不及斂下笑意，便被溫柔神色牢牢擄獲。哪有？她才總是拿他沒轍呢！

「總之，上了高中之後，我就把牙套拿下來了。那時候，我才體認到很多人都是膚淺的。因為矯正牙齒後，我的人緣大不相同啦。」

她好奇，「所以高中時你還有再交女朋友嗎？」

「交了兩個，但分手的原因都一樣。」江聿諾深深望向她，彷彿過去的時光又回來了。無論是她撞見宛琪告白的那一次，還是她親自試探的那一次，都和此刻的話語重疊。

「她們說我對所有人都太親切了。無法將那份關心專於一個人的我，她們不能接受。不過，當初愛上我的理由不也是同一個嗎？正因為我對每個人都很友好，她們才會在交往前被我吸引，不是嗎？」

「所以，你之後才會在女生向你告白的時候，先聲明這一點嗎？」

他點頭，「避免浪費那份心意，我才決定每一次都這麼做的，但是……」

但是，夏未央帶著為好友的那份心，闖進他的世界裡。

「抱歉啊！我一直想這麼說。」他噙著一抹淺淡笑意，「總是認為那些人膚淺的我，也在看見妳的那瞬間動搖了。雖然我還是拒絕了，但妳那時候一定很討厭我這個人吧？」

他的坦誠，出現在兩顆心已然碰撞的這一刻。

「那時候是不喜歡，但現在……」

未央垂下眼睫，讓乖順的髮半掩住她淡如櫻色的粉頰：

「我覺得你是個溫柔的人。即使對每個人都很好，那也是因為你很溫柔的關係。這樣的你，我並不覺得有什麼不妥。不過，以後也不要擅自認為誰膚淺比較好，畢竟有些女孩是真心喜歡你的。」

「那些女孩之中，也會有妳嗎？」他的嗓音輕落。

「……」她抬眼凝視。

所以，是時候坦率一點了。是時候，為她不願面對的那些事做點什麼了。

思念未歸。

Chapter 06　相同的心

他帶她到公園玩，陪她一起等爸爸下班。

「程頤哥哥，你喜歡欣惠老師嗎？」小女孩在鞦韆上晃來晃去。

「喜歡。」

她怔忡看他，他輕輕笑：「怎麼了？妳不喜歡老師嗎？」

「喜歡，但是又不喜歡。」

「什麼意思？」

她沒有說話。

但少年替她說了：「我喜歡小堯，但是又不喜歡小堯。因為，他老是黏著妳。」

她的機車發不動，站在樓下好長一段時間。眼看就要遲到了，未央打算撥電話給同班同學，看有沒有人能載她去學校。沒有的話，就只能搭上那班注定會遲一些的公車了。

天氣愈來愈熱了，她難掩焦躁的臉龐被曬得微微發紅。

「未央學姐，妳怎麼還在這裡？」林芝婷下樓看見她。

未央轉向她，「我的車發不動，好像是哪裡壞了。」

「咦？好慘喔！」她走了過來，「不然我載學姐去上課吧？不過我下午有事，可能沒辦法載妳回來。」

「沒關係，下午我可以搭公車。不過，不會麻煩妳嗎？」

「不會啦！我也要去上課啊。」林芝婷笑得過於親切，讓她一時不知所措。「學姐快上車吧！」

不過，未央還是朝她微微笑，心懷感激地坐上車。宿舍離學校大概有十幾分鐘的車程，現在是上學時間，路上的車很多，所以她們的車速不算快。停了紅燈，未央的思緒在豔陽照耀下，顯得有些恍惚。

「學姐，妳有男朋友嗎？」前方的林芝婷突然問。

未央呆了一下，意外她怎會問起這個，「沒有，怎麼了？」

「咦？真的嗎？妳那麼漂亮，竟然沒有男朋友！」她回頭，「也沒有在意的人嗎？」

在、在意的人？她在問誰啊？未央有點困窘，「沒有吧……」

「都沒有？不一定是喜歡啊！一靜下來就會莫名想起的人，那種也算喔！真的沒有嗎？」林芝婷似乎不死心。

雖然不懂對方為何而堅持，但她在這一刻想起了兩個人。一個是程頤，另一個是……

她望了望學妹急切的側臉，覺得還是別那麼說比較好。她在紅燈轉綠的那一秒，輕輕地說出心裡的祕密：

「有喔！一個在小時候認識的大哥哥。不過，我們已經沒有聯絡了。」

林芝婷從後照鏡看了她一眼，臉上寫滿困惑。看她的樣子，似乎沒有要繼續追問了。

這個問題，是為了江聿諾？雖然她自認江聿諾對她的態度並不算太明顯，但系上的人多少會聽見風聲吧？以江聿諾的個性，傳遍整個學校他也不會介意的，應該不會特別隱瞞。

但是……

「學妹，我覺得有個喜歡的人是值得羨慕的事。像我的話，只有那種『一靜下來才會莫名想起的人』，聽起來不是很寂寞嗎？」所以說，「所以……」

連想念一個人都很半吊子的自己，沒有資格被當成情敵吧？

「啊？聽不懂學姐在說什麼耶！」林芝婷又停了一個紅燈，轉頭訕笑。

未央回以淺笑，「沒關係，也不是什麼重要的事。」

「好吧……咦？」她的雙肩明顯一頓，齊瀏海下的視線直直鎖定左前方。

未央隨她望去，赫然撞見男孩的笑。他和後座的可愛女生有說有笑，手還輕輕敲了一下她的安全帽。令她最目不轉睛的，是女孩親暱地抱著他的腰。

那是江聿諾。

「那個女生是誰？我怎麼沒看過！」林芝婷急躁出聲：「光、光天化日之下有必要抱這麼緊嗎？」

然而，未央並沒有把這句話聽進去。她只是呆呆看著，像這樣看著，不一會兒，便被微酸的泡沫占據心房。

她蹙著眉，緊緊鎖住那分妒意。其實她並不傷心，卻十分介意。不論那個女生是朋友也好，是親人也罷，她都能感受到自己在那一刻流失的養分。

滋潤著她的心的養分。

原來，她比想像中還要習慣他的關注。他一個勁地追著自己的那份直率，她都看在眼底，並且深深放在心底。

下課後，她靜靜地待在站牌旁。兩個好友都沒課，獨立的她也不想特地麻煩別人，所以來這裡等公車。她沒再遇見林芝婷，看來的確有事要忙。不過，她短期內不會把目標放在自己身上了吧？現在的她，應該正急於查出那後座的女生是誰才對。

所以她是誰呢？未央也很想知道，卻覺得那似乎不是重點。不管那個人是誰，她的確都吃了醋。唉，事情怎麼會變成這樣？她明明不希望自己被他影響的。

「妳怎麼沒騎車？」

她才出神一陣子，心事的主角便闖入她的視線範圍。江聿諾的後座沒載人，停在站牌旁，笑咪咪地看著未央。

「……車壞了。」

「去修了嗎？」

「還沒，早上壞的。」

他迅速從車廂撈出一頂安全帽，「那我載妳吧！順便叫修車的過去妳家。」

她盯著那頂安全帽。視線放遠，又對上來人自信的笑，「……你不用載人嗎？」

「載人？載誰？」

她的臉微紅，「載別人下課之類的。」

「我沒有載人上下課過耶？」

「騙人。」未央脫口而出。

江聿諾安靜看她，俊秀臉龐寫滿困惑。她意識到自己太過激動，雙頰的溫度變得更高了。

他思忖幾秒，忽然想出可能的原因：

「啊，妳是說早上的事？妳有看到我嗎？」

所以說，明明就有載嘛！未央豎起杏眼，不自覺變得強硬：「有看到啊，怎麼了？」

聽了，江聿諾從口袋掏出手機，給她看螢幕。那是一個女孩的社群網站，名字叫做「江聿詩」，真好聽……等等，江聿詩？等等，這張照片？

觸見未央的怪異表情，江聿諾忍不住大笑，「哈！那是我妹，今天她來宿舍找我，我早上沒課，所以載她去吃個飯。」

她、她也有想過可能是親人啦，只是……

還是覺得不高興啊！

「妳吃醋了嗎？」他壞笑，伸手示意她過來。

「我沒有。」她故作鎮定，雙腳卻不自覺被牽引過去。

甫一靠近，他就替她戴上安全帽。舉止親暱地扣上扣環後，未央緊閉的心感覺到一陣暖流輕輕劃過，彷彿整個人都被包圍了。

但是，他們之間明明還隔著她放不下的思念。這樣的她，又怎麼會有力氣去重新喜歡一個人？

難道江聿諾不明白嗎？

「對了。」在抵達宿舍的紅燈前，江聿諾若有所思地說。

「什麼？」

「妳要不要抱我？」

「咦？」她怔忡一望。

他側過頭，雙眼盈著溫柔笑意，「我可是第一次載家人以外的女生喔。」

她，也是第一次給男生載啊。

「我才不信呢。」她躲開炙熱的目光。

「是真的！我上大學之後又還沒交女朋友，怎麼可能有載過？」

「誰說一定要載女朋友？你認識的女生那麼多。」

「但，我只想載家人和女朋友。」紅燈轉綠，他輕輕催了油門，「或是會讓我覺得很想跟她在一起的，那種女生。」

那句話溫柔地散在風裡，卻一字不漏地在她耳邊響起；她的肌膚微燙，卻不是因為豔陽的緣故；那是告白嗎？她不知道，卻深深明白自己無法抑制狂亂的心跳。

車行的人來過了，已經把未央的車送去修。他們在樓下站得太久，這種天氣，想不流汗都難。未央自認是不怎麼流汗的人，並沒有很狼狽。但男生不一樣，她看著江聿諾滿頭大汗的樣子，覺得有點想笑。

但他的笑容依舊。陽光，很適合他。

「謝謝你喔。」

「這又沒什麼，只是載妳回家而已。」

「你要不要吹一下冷氣？」

「啊？」他側身看她。

未央思考著，像是在斟酌字句，「我是說，你可以上去吹個冷氣再走。而且冰箱還有一大罐可樂，你熱的話就喝。」

「妳對我就這麼沒防備嗎？」他又放肆地咧起嘴角。

明明就不壞，幹嘛老是露出那種欺負人的表情？她的臉熱辣幾分，索性給他一個不想多說的背影。

「京雅跟學妹都在，你是能幹嘛啦……」沒看他，未央逕自開門上樓。

當然，某人還是跟著上去了。一坐下來，江聿諾翻起了書櫃中的那些畫集，津津有味地看了很久。

未央在電腦前，難掩好奇地注視他，「你突然對畫有興趣了嗎？」

「嗯，上次看過畫展之後，覺得那個畫家很厲害。」

「……真的很厲害呢。」

她難得露出很甜的笑，被江聿諾一分不少地放進眼裡。說起自己喜歡的東西時，竟然這麼可愛。

「夏未央。」

「什麼？」

「我跟我妹去餐廳吃飯的時候，看見妳哥了。」那個跋扈男人難得認真的身影，想起來還是非常令他詫異。

「他又拿錢去高級餐廳吃飯？」未央皺眉。

「不，他在那裡工作。」

「工、工作？」她比他更震驚，完全忘記收斂表情。

江聿諾忍俊不住，「嗯，妳感覺如何？」

「……很可怕。」

這話可不誇張。夏承宴那個人啊，除了被爸爸拖去做的工地活比較認真之外，其他工作都做得一蹋糊塗。更別說是服務業了，他那爛脾氣，只要客人一囉嗦就吼得沒完沒了，高中時期走到哪被炒魷魚到哪。畢業之後，他根本沒在工作，只知道回家跟媽拿錢揮霍。

而現在，江聿諾說那傢伙在餐廳工作？

「你是不是看錯人？」

「那種長相要看錯也很難。」雖然不是很想說實話，但挺帥的。他又補充：「而且是賣服務的餐廳。」

是那種餐廳？客人吃不習慣就賠禮那種餐廳？夏承宴怎麼可能做得下去啊。

見未央的神色依舊，他輕輕笑：「不然，改天我們一起去看看？」

「為什麼要去？」

「妳不是想跟他和好嗎？這點關心不算什麼吧。」

是沒錯啦！但是，她就是覺得彆扭。未央將身體轉正，心不在焉地喝了幾口紅茶。

或許她，一直深陷在過去的牢籠裡。如果不注意好的變化，事情就不會有變得更糟的可能。她就是用這種想法在審視哥哥吧？所以，始終不願回頭看看他。

假如，她能夠正視那份懦弱……

「夏未央，妳的紅茶灑出來了。」

「咦？」她觸見在手中傾斜的馬克杯，嚇了一跳。裙子遭殃了，她的大腿也是。都還沒反應過來，江聿諾已經抽了好幾張衛生紙，向前遞給她。

「為妳服務的話，妳會揍我嗎？」他忽然笑著收回手。

她紅著臉，搶過那幾張衛生紙，「絕對會！」

真是的，她怎麼會走神到這種地步？

後來，她決定順便去洗個澡。雖然有「客人」在，但她住的是雅房，吹風機也在浴室，倒是沒什麼關係。整個大腿都黏黏的，才真正教人難受。

「學姐，妳這麼早洗澡？」

抱著浴巾和衣服，未央在樓梯轉角遇見林芝婷。見到她的笑容，她忽然想起還在房裡吹冷氣的某大爺。但，不會被看見吧？反正江聿諾不會隨便走出來，學妹根本沒機會知道這件事。

所以，她很放心地回以笑容：「嗯，天氣太熱了。」

有那個傢伙在的空間，夏天的感覺特別濃厚。

夏未央洗澡洗很久，他一個人待在房間裡，也不曉得要做什麼。手機快沒電了，他當然不可能隨便借用人家的插座，只能先把網路關掉。坐在椅子上，他一動也不動地注視牆上的壁貼，畫面呈現很美的藍。

說起來，這女孩似乎很喜歡藍色？聽說連她哥都送她藍色的錶。

在他悠悠揚起一邊嘴角時，房門被打開了。他本來想叫住她，卻發現那個人的背影很陌生。不對，應該說是有點熟悉？

林芝婷？她連門也沒敲就進來？

由於江聿諾剛好被敞開的門擋住了，這名不速之客並沒有在第一時間發現他。他安靜探頭，觀察林芝婷鬼祟的背影，發現對方正在衣櫥上面的床包中翻找東西。好一會兒，她翻出了一台黑色機器……針孔攝影？

察覺不對勁，他上前一把抓住林芝婷的手腕！

「呀啊——」她被嚇得花容失色。眼珠一轉，對上了江聿諾冰冷的視線，「你、你怎麼會在這裡？」

「我才要問妳為什麼不敲門就進房間？」他將她的手腕拉向自己，「還有，請解釋一下這是什麼？」

「我、我……」她極度慌亂，「這是我借給學姐的相機，我來拿回去！」

「相機？」他笑了一聲，動手搶過攝影機，「妳倒是告訴我這哪裡像相機了？更何況，妳要拿東西不用敲門跟夏未央說嗎？」

「我只是……」

「只是怎樣？」

林芝婷恨恨地咬住下唇，想掙脫箝制，手腕卻被抓得更緊。他平時清朗的神色已不復存在，這一刻，眼底只有濃濃怒意。她第一次看見這樣的江聿諾，那個她拼了命地喜歡的開朗男生……

「在妳說清楚之前，別想離開這裡。還是，妳要等她洗完澡？」

她還是沒說話，纖弱的身軀頻頻顫抖。

他的聲音很沉，「妳知道偷拍觸犯刑法嗎？如果不想留下前科，就乾脆一點，把原因說出來。」

林芝婷望住他雙瞳，被那道沉鬱火光狠狠燒盡。很痛，卻不會被他同情。也對，她做出這種事情，怎麼還敢奢望他站在自己這邊呢？而且，她總算明白那個傳言是真的了。

他們會不會在一起，無人知曉。但可以確定的是，夏未央在他的心中是特別的。

她曾拼命追逐的男孩，不知怎地就再也追不上了。不知怎地，成為厭惡另一個人的理由。

「我很討厭她。」她的眼眶泛紅，「她讓我不光榮地當上校園大使，而且還奪走了你的關注！我放了針孔攝影機，想拍她平常生活的樣子，快放暑假了，我擔心她會提前整理床包，所以先把它拿回去……」

「平常生活的樣子？妳是想拍她換衣服的畫面，對嗎？」

「嗯……」

他「碰」地一聲重擊她身旁的牆，嚇得她止住淚光。

「同樣身為女性的妳，不覺得這種行為很可恥嗎？還有，妳提議跟吳宛琪換宿舍就是為了這個？」

林芝婷怯怯地點頭。

「我想，吳宛琪肯定不知道妳聽著她的祕密的同時，也散播了那些祕密吧？」他把她的手腕抓得更緊，語調凌厲地說：「林芝婷，我知道是妳散布謠言的，現在，又被我抓到針孔攝影機的事。妳說，我接下來該怎麼處理呢？報警？還是告訴信任妳的學姐？」

「對、對不起……」她忍不住閉上眼。

帶著恨一個人的心，去深愛另一個人……很悲哀。

「妳該道歉的對象不是我。」江聿諾淡了下來，平靜地審視那份忌妒，「我會告訴她，而後續的事情就由她決定。不過妳該慶幸的是，夏未央是個容易心軟的女生。」

給了人距離，卻很心軟的女生。

他那麼說著夏未央的時候，林芝婷從他平靜的憤怒中，捕捉到一絲溫柔。

她怎麼會認為自己有機會呢？他的溫柔，明明就只屬於那個女孩。在拒絕自己時，還說「無法將關心專於一個人」……難道江聿諾都沒發現自己的改變嗎？

「我可以問嗎？」

「問什麼？」

在出去之前，林芝婷淡淡地開了口，卻不看他：「你怎麼會在她房間？」

江聿諾也沒有馬上回答，而是自然而然地憶起她的臉龐。再單純不過的心情，再誠懇不過的感情……

「嗯，因為天氣太熱了。」

有她在的地方，他內心的夏天特別炙熱。

她其實沒有太大的反應。很奇怪吧？如果是京雅被偷拍，她大概已經一狀告到法院；宛琪呢？會哭啼啼地找爸媽出面解決吧！只有她什麼也沒做，甚至連對質都沒有。

不過，江聿諾似乎不怎麼驚訝，「我就知道妳打算什麼都不做。」

「……」不要一副很了解她的樣子啦。

「所以，要是再被我抓到，我絕對會替妳把她拖到警局。」

她對這句話沒有反應，倒是突然很認真：「啊，謝謝你幫我發現這件事，不然我應該會很困擾。我是說，那種影片萬一流了出去……」

「何止困擾？我都比妳生氣了。」他沒轍地走向未央，將攝影機穩當地放在她的手中，「拜託妳，對自己的事情在乎一點吧！記得要把東西刪掉喔。」

「呃，這個要怎麼用？」

他一愣，耳朵莫名地變紅，「笨蛋，我總不能幫妳操作吧。」

「喔……」她想想也是。

被人罵「笨蛋」的感覺真不好受。不過，她好像不討厭他這麼說。

期末考前一天，未央又去了文書部，想把這個月的信寄給程頤。信中，她提到自己被學妹偷拍的事。她告訴他這件事情已經解決了，不然，以程頤的個性，肯定會擔心個不停吧？

她愣了一下，想止住上揚的嘴角，那個人的臉龐卻在腦海中溫柔浮現。

是有點模糊了，那張臉。如果思念有期限，是不是也到了該把他忘記的時候？從國中失聯到現在，真的夠久了。對她的青春來說，也夠久了。

交了女朋友嗎？幸福的話，不是很好嗎？

她安靜地將信交給工讀生，沒注意到一旁的男生正在看著自己。直到那個人出聲，她才開始辨識那張臉是誰。

「張……宇晟？」

「天啊！我第一次聽到妳叫我名字。」他看起來很高興。

這個人怎麼比江聿諾還浮誇？她淡回：「怎麼了？」

「沒事，有點不習慣而已。」對方忽然拿出手機，滑了幾下才又繼續說話：「妳又來寄信嗎？看過妳超多次。」

「你很常來這裡嗎？」

「很常啊！我最喜歡把不要的課本賣給文書部了。」他笑嘻嘻，「不過，妳每次都寄完信就走了，大概沒看過我吧。」

就算看過，那時候的她也會當作沒看見吧。未央不自覺地往張宇晟的身邊掃過幾眼，嗯，只有他一個人。

「妳在找江聿諾嗎？」沒想到這傢伙居然發現了。

她登時有種被逮到的窘迫感，「唔，我只是看看。」

「他在圖書館看書啦！那傢伙超認真的，不過……」他本來想說什麼，但又提起另一件事：「對了，我一直想問妳。」

「什麼？」

「妳喜歡江聿諾嗎？」

轟！她吃下會心一擊。

「咦？妳臉紅？」

她退後幾步，拿不高興的雙瞳瞪他。被她這麼一瞪，「特殊體質」的張宇晟頓時感到無比幸福。啊！難怪江聿諾會這麼喜歡她，夏未央根本不是冰山美人嘛！

完全不理解對方為什麼沾沾自喜，未央轉身就走。

「等等嘛！妳還沒回答問題。」

「為什麼要回答？」

「大家都很好奇啊！」

「大家？」她停下腳步，狐疑地回過頭，「為什麼大家會關注我的事？」

雖然江聿諾最近很喜歡纏著她，但應該也不會招搖到這種地步吧？

「妳果然不知道！也對，江聿諾說了那些話，帥到讓大家乖乖站一旁看戲，怎麼可能會私下透露給妳……嗯？妳那是什麼表情？」

未央的神色很複雜，已經不知道該繼續追問，還是乾脆先離開這裡了。「他到底都說了什麼……」

「我不知道喔！他來了，妳自己問他吧。」

她再度傻住，不一會兒，還真的在不遠處觸見熟悉身影，正從容地往這邊走過來。

像是看穿她的疑惑，張宇晟嬉笑補充：「喔，一遇見妳我就打卡了，他大概是看到才會來。」

打什麼卡啊？當她名勝景點嗎！

她灰頭土臉，等著那個人走過來。沒想到，江聿諾直接握住了她的手腕，將她拉回文書部。未央一頭霧水，卻也沒有急著掙脫。

「總算離那傢伙遠一點了。」他冷著臉說。

「張宇晟不是你朋友嗎？」

「是啊，但妳知道他剛才說什麼嗎？」勾起嘴角，他的笑意卻不明顯，「他說，要是我追不到妳的話，記得把妳留給他。」

她臉一紅，「在說什麼啊……」

「他可能是覺得會說話的夏未央很可愛？」

「我本來就會說話。」她瞪他，「還有，你也太容易吃醋了。」

「喔？」他使力將她拉向自己，讓她無措的髮輕輕和他的呼吸相撞，「原來妳知道我在吃妳的醋嗎？」

她、她什麼都不知道啦。

未央掙脫他的手，像隻無頭蒼蠅一樣漫無目的地亂走。眼前忽然一暗，手長腳快的江聿諾已經輕易擋住她視線：

「先別走，我上次看見文書部有賣立花的畫集。」

「咦？我之前看都沒有。」她馬上轉移注意力。

「因為它放在最角落的書櫃。」他露齒一笑，「走，去看看。」

沒想到，那本新出的畫集竟然放在最上層。可能是因為學生普遍對畫集沒興趣吧！所以才放在這麼不顯眼的地方。不然就買回去吧？她記得文書部的商品大多有學生優惠。

踮起腳尖，未央輕而易舉地將那本畫集拿了下來。才正想轉身，卻被江聿諾的手困在他和書櫃之間。耳邊傳來溫熱氣息，一下子讓她僵直身體。這麼近的距離，她的心臟似乎無法承受。

「妳多高？」身後的他忽然說。

她被他的鼻息呼得好癢，只能戰戰兢兢地回應：「一六九，怎、怎麼了？」不對，他問這什麼蠢問題？她以為這種氣氛之下，江聿諾會說出更重要的事……

「呵，妳真的很高呢！」他溫柔的笑意輕輕傳來，「我本來想幫妳拿書，卻發現自己沒有用武之地。」

「為什麼一定要幫我拿書？」何況，他自己也是個一百八十幾公分的人，竟然說她很高。

「電視不都這樣演嗎？我以為女生會覺得很浪漫。」

「我才不是那種女生。」

「嗯，我知道。」

或許是他的聲音藏了太多感情，她愈來愈沒有勇氣回頭。在無法控制的心跳節奏中，她慢慢閉上溫潤的雙眼。

「高有什麼好處？男生不都喜歡嬌小的女生嗎？」她輕聲說。

或許，她第一次希望有人能認同自己。

而那個人，希望能是他。

「我又不是那種男生。」他學她說話，「一六九很好啊！很適合我。」

「嗯……」她彎起一抹他看不見的淺淡微笑，「我知道。」

而她回應的又是哪一句話呢？她自己也不是很清楚了。

他們走出活動中心大樓，一個決定回家，另一個想繼續待在圖書館。到了廣場附近，她靜靜凝瞅江聿諾的背影……

「妳剛才又去寄信嗎？」他忽然說。

「嗯，一個月寄一次。」

「妳覺得這樣好嗎？」

「咦？」

他停下腳步，緩緩地側過頭。凝重的臉像是在深思，又像是猶豫該不該介入她的回憶。午後陽光照亮了他的臉龐，鼻翼間忽明忽暗的陰影彷彿正提醒著她，眼前這個人並沒有想像中從容。他，也會因為她的執著而難過。

她竟捨不得忽視他半分。

「這樣好嗎？寄信給一個沒有給妳任何回音的人。」

她不自覺緊握著拳，「但是，我沒有其他方法。」

「他住在哪裡？」

「美國。」她發覺自己的嗓音變得乾啞，「在我國一那年，他跟著全家移民美國。要離開之前，他留下地址，希望我能寄信給他。」

「但是，他卻從來沒有寫信給妳？」

她登時閃爍了一下目光，「……沒有。」

「也沒有留下電話？」

「他那時候還沒有手機，而且也告訴我之後會把家電寫在信裡。」

江聿諾轉身面對她，眼中的情緒難得是不平靜的，「妳不覺得很奇怪嗎？在我看來，這一定有問題啊！為什麼不確認看看？」

「我只有那個地址。」

「所以說，怎麼不去美國找他？」他沉著嗓音。

她怔了怔，感覺手心漸漸失去溫度。去美國？她不是沒有想過，但……

「如果他真的討厭我呢？」她咬著唇，「如果，他是故意不想跟我聯絡——」

「那，妳就能放下了。」他打斷她的話，目光卻極其溫柔，「不管妳想不想面對，事實就是擺在那裡。所以，去搞清楚事實是什麼吧，嗯？」

她還在思考，對方卻忽然朝她伸出手。在搖曳風中停駐的微笑，像是浪漫邀請。

她望著那個鼓勵自己擁抱回憶的男孩，想起他的從容、他的調皮、他的霸氣、他的溫柔……

還有，他從不避諱的感情。

「如果他還喜歡我呢？」

她輕輕將手放在他的掌心上，卻交換了一個祕密。

「他跟妳告白過？」

「沒有，但是我知道。」她低著頭，第一次向別人說起這個祕密，「我們互相喜歡，約定以後要再見面。」

「……如果是那樣的話，」江聿諾沒有想得太久，溫柔地將女孩交給他的手牢牢握住，「我就可以放下了。」

未央怔怔聽著他略微傷感的言語。

「但，要是妳不去見他，妳心裡永遠都會有一個遺憾。」他輕輕皺眉，「……我不要那樣。」

她的心就隨著他的眉宇揪了那麼一下，腦袋一片空白。下一秒，她施力握了一下他的手，又再度放輕。對上他迎來的目光，她的表情有一點害怕。害怕傷害了眼前這個人，害怕……自己不斷地徘徊在過往。

或許，他收到了她由掌心傳遞過來的不安。他輕輕一拉，第一次真正將她抱在懷中。他的堅毅氣息，她的柔軟香氣，都在這一刻擁著彼此。

「我陪妳去吧。」

「唔？」她埋在他的懷裡，還無法適應這麼近的距離。

「暑假，我陪妳去美國。」他在她的髮間緩緩閉上眼，「一個人不敢面對的事，就讓兩個人去面對。不管是妳對他，還是我對妳，兩者都一樣。所以，能讓我陪妳去嗎？」

她的確不明白怎麼做才是最好的，也不知道該用什麼方法才能坦然面對。但是，她確定自己正依賴著這個懷抱。假如，她能夠和他一起踏出那一步的話……

即使迷惘，也有個信任的人陪伴，不是嗎？

「好，一起去。」她跟著閉上眼，小心翼翼地碰觸他的體溫。

她喜歡他笑臉盈盈的模樣。有這樣的笑容在身邊，心，就不會那麼害怕了吧？

Chapter 07　都是你

他們沒有把話說清楚，但感情更好了。

小女孩雖然跟其他孩子也很好，可只要一逮到時間，就會黏著他不放。

「程頤哥哥，我快要讀國中了！你要送我什麼禮物嗎？」

「竟然還跟我要禮物。」少年捏一下她臉頰，「好吧！畢業那天送妳。」

她很高興，因為她只想要他的禮物。

她的世界裡只有他。

「錢妳不用擔心啊！我小時候有在美國住過幾個月，那邊的親戚也一直叫我有空可以回去玩。我和聿詩一起去的話，他們會出機票錢。」那時候，江聿諾透過電話告訴她：「而且，我們三個人可以住我姑姑家，就不用另外花錢住宿了。那，妳那邊怎麼樣？」

「嗯，我沒問題，媽也希望我去找程頤。」停了一下，未央確認似地問：「你說你親戚也住在加州嗎？」

「對啊！很巧，程頤不是住在舊金山嗎？」

「那，應該不會太遠？」

「我親戚家在洛杉磯，有點距離喔！美國的地那麼大。不過，我姑丈會借我一台車，到時候可以直接走公路。」

她聽著電話那頭爽朗的聲音，「……你會開車？」

「喂，都快大三了我總有汽車駕照吧。」他低笑，「到時候只要申請一下國際駕照，就可以在美國開車了。總之，妳不用擔心啦！」

她的確是擔心過頭了。沒想到，江聿諾想得比她更周全。他該不會還規劃了其他行程吧？

某人當然沒讓她失望，「嗯？當然要順便玩一下啊！我們不是要去一個禮拜嗎？美國很多地方都很漂亮。」

「呵！嗯。」她忍不住輕笑。

「喔，剛才笑了是嗎？妳很高興？」

唔，才沒有……她臉一紅，想立刻掛掉電話。

「對了，妳要不要先寄一封預告信？」他忽然說。

「預告信？」

「先告訴程頤妳會去美國找他。」

她愣了一下，直覺沒有必要。反正，說不定程頤根本沒看過她的信。但，直接跑去找他會不會很沒禮貌呢？

「你覺得要嗎？寄那封信。」她開口問他意見。

「哈，不用啦！妳又不是怪盜基德。」

「……」那他是問爽的嗎？

後來，未央還是決定不寄了。就算真的找不到程頤的人，也當作是去美國散散心吧！親近那片他曾經待過的土地，彷彿就能感受到什麼。如果，真的沒有如願見到面的話……就忘了他吧。

她才不會反悔。

他們預計八月出發，因為聿詩還要上暑期輔導課。聽說江聿諾已經訂了機票，那麼，她就可以放心了。他要她用一個月的時間做好心理準備，免得在上機前臨時反悔。

家住不同縣市的他們，整整一個月都沒有見面。未央一向沒有打工的計畫，總是在家裡陪媽媽，或偶爾和高中朋友出門。這樣的日子裡，或許是沒必要特別聯絡，不過，江聿諾怎麼像是人間蒸發一樣？動態不發，自從那天以後也沒再打過電話。

她是有些不習慣。但，並沒有特別想他。

這個月，哥哥又打來家裡幾次，卻始終沒有叫媽媽轉接給她。她覺得很奇怪，畢竟以前夏承宴都會要求她聽電話的。是不是因為自己從來沒接過？所以，他才放棄了呢？

未央凝視放在書桌上的藍色手錶，心頭忽然覺得空盪盪。

「難得……突然想跟你說說話的。」在無人聆聽的寂靜中，她這麼對自己說。

「未央！」

她聽見媽媽的聲音，連忙起來開門，「媽，怎麼了？」

「承宴他回來囉。」

「啊？」她嚇了一跳，望向媽媽的身後，卻沒有人。

「他在客廳。」說完，媽媽像是在顧慮什麼，「我知道妳一向不願見他，不過他難得回來，就出來看看吧？」

「不是那樣……」她想反駁，卻發現自己也無話可說。望著一頭霧水的媽媽，她淡然回答：「嗯，走吧。」

她哥，看起來有精神多了。有在認真工作的他，也成長了不少吧？對了，她還沒有跟江聿諾約去那家店。要不要跟他提起這件事呢？

夏承宴「啪」地一聲將一個盒子放在桌上。當他打開禮物盒時，未央看見一條造型典雅的金色手鍊。才正想問，對方已經興致勃勃地開口：

「這是我要送給媽的，妳覺得好看嗎？」

「還不錯啊……」她下意識回答，回頭望了一眼在廚房裡忙的媽媽，「都已經買了，難道我說不好看的話就不送嗎？」

「再重買就好了。畢竟，妳比較懂媽喜歡什麼。」

「那你……」當初應該找她一起去挑的。不過，她沒把這句話說出來。以他們的關係，一起逛街似乎還嫌太早。「最近又沒有什麼節日，你買給媽的用意是？」

還有，之前為什麼買手錶給她？

「一定要節日才能送嗎？」

是不一定，不過……夏承宴原本並不是那種人。她抬眸，審視對方銳利的眉眼，卻也看不出什麼端倪。

「那就對了啊！幹嘛一定要每件事都有理由？」

——接近妳，有時候也不需要理由吧？

江聿諾的聲音猶在耳。她的長睫乘著一縷無措的光，那雙眸上輕輕搧動，全看進了他眼底。

他不語，好一會兒才偏頭探問：

「妳想到誰了？」

「哪有想到誰？」

「妳的臉就那樣寫。」

未央別開視線，不打算解釋。有時候，她覺得哥和江聿諾有點像。總是單刀直入，不管她會不會尷尬。

「對了，八月中妳有空嗎？」

「……怎麼了？」雖然她沒空。

「我想找時間約媽一起去走走。」停了一下，夏承宴似乎顧忌著什麼，那雙自傲瞳孔竟沾染幾分猶疑，「妳也來？」

她沒有思考太久。應該說，她很慶幸自己不需要思考，「我八月要去美國。」

「咦？去玩？」

「去找一個人。」想了想，她又補充，「程頤。」

「就妳一個人？」

「跟朋友一起。」她再度補充：「……江聿諾。」

夏承宴一臉「哎喲真不錯」地看著她，害她無法繼續這個話題。她倉促地站起身，在對方戲謔的目光下甩出一道長長的背影。躲進房前，他叫住了她，一向高亢的聲音忽顯柔和。

「喂，妳哪時候的飛機？我去送妳吧。」

「幹嘛？我又不是要去一年。」她用奇怪的眼神回頭看他，「只玩一個禮拜而已，不用送。」更何況，他們的關係有好成這樣嗎？

「喔，那……」他搔搔頭髮，把禮物盒拿回手中。走向廚房時，他的聲音低得快要聽不見，「至少把手錶拿著？」

為什麼？

「身在不同土地的話，就失去努力的目標了。」他這麼說。

努力的目標？那是在說她嗎？回到房間後，她還是不懂那句話的意思。哥的話未免太沒有邏輯了，她又不是不會回來。而且，只不過是人在國外而已，怎麼可能會失去什——

她狠狠怔住。

——只不過是在國外而已，我跟未央，還是站在同一片天空下喔？

這些年來，她懵懵懂懂地體會著失去。他帶走很多東西，她的笑容、他的臉孔、他們共同的祕密。

可是，卻在同一片天空把思念落了下來。

八月中，他們終於到了洛杉磯。一下機，江聿諾的姑丈就已經把車停在那裡等了。他姑丈是個道地的美國人，在台灣住過幾年，中文倒算流利，跟他們沒有溝通上的問題。何況，江聿諾的英文也很好。

在開往住家的途中，未央並沒有說太多話。因為時差的關係，她快要在車上睡著了。聿詩卻活力十足，在跟姑丈聊天的同時還回頭看了她好幾眼。

她想，這個妹妹應該是想跟自己搭話吧！不過她真的快不行了。

「想睡了？」江聿諾跟她一起坐在後座。一轉頭，捕捉到她打盹的模樣。

她有點窘，「唔，你都不想睡嗎？」

「還好，我平常都熬夜到兩、三點。」他看了手機一眼，「嗯，現在妳的生理時鐘大概在半夜十二點。妳都這麼早睡？」

「有很早嗎？」

「不像大學生。呵，等一下去姑姑家吃完午餐，妳就可以先休息了。」

「這樣好嗎……」

「沒關係，我姑姑很懂時差的痛苦。還是，妳想先睡一下？美國的地很大，還要再一陣子才會到喔？」

對方拍了拍肩上的位置，她才明白所謂「睡一下」是什麼意思。前座的女孩又轉頭偷看了，害她更不曉得該把眼睛往哪裡擺。

「我不要。」

「喂，別拒絕這麼快啊。」

「你才別說出那種怪提議。」

「哪裡怪？」他勾起一邊嘴角，「妳這麼冷淡，我真的有點傷心喔。」

「玻璃心。」

「……」這女孩倒是愈來愈多話了。

後來，未央好不容易撐過這一段車程。他姑姑家位於太平洋公路附近，放眼望去就是蔚藍的海岸線。離超市不遠，平時也可以到海灘去玩，算是既便利又擁有漂亮風景的區域。

聽說，他們幾天後就要走那條公路去舊金山。在那之前，江聿諾希望在洛杉磯好好逛一逛。

「我怕妳見到程頤之後，就不想跟我一起玩了。」他居然說出那麼孩子氣的話。

她假裝淡定，卻發現自己覺得他可愛到不行。

姑姑家的房間很多，所以未央和江氏兄妹是一人各睡一間。午餐後，姑姑的女兒領著她到房間，要未央先小睡一下子。聿詩還在客廳跟姑姑聊天，看起來不打算休息；而江聿諾跟他表哥窩在書房打電玩，也絲毫沒有睡意。

真是精力充沛的一家人啊！她倒在床上想。

其實她沒把握自己只「小睡一下」，搞不好一睜開眼睛就半夜了。不過，那也沒關係。放鬆地睡一覺的話，應該多少可以稀釋她那份緊張吧？

嗯，她很緊張。不論是即將見到那個思念已久的人，還是結束這段旅程之後必須面對的事實，都讓她很緊張。

她翻了個身，將半邊臉埋在枕頭裡。

「我們會怎麼樣呢……？」她，跟江聿諾。

她果然睡到了半夜。

醒來後，她怎麼也無法再度入眠。開了門，她發現外面的燈幾乎都關了。看來，這一家人算是蠻早睡的。

江聿諾應該也睡了吧？她就不信他能撐到現在。

未央先去上了廁所，出來之後發現肚子有點餓。雖然她記得餐桌上好像有幾個麵包，但大人都睡了，隨便拿來吃也很沒禮貌。她嘆了口氣，打算繞到廚房倒點水來喝。

才剛走到那裡，她便撞見有個人大剌剌地趴在餐桌上睡覺。

……江聿諾？

她走了過去，好奇地窺望他的睡臉。對方睡得很沉，毫無防備的模樣成了她眼底暖洋洋的倒影。長睫在他的臉上刷出柔和夜色，隨著鼻息溫柔顫動，莫名就進了她的心。她的微笑不留痕跡，看一會兒，才靜悄悄地倒了一杯水。

她體會著夜中的冰涼，直到身旁的男孩懵懂轉醒。

「嗯……」他的黑瞳慢慢聚焦，「啊，未央？」

她愣了一下，那句語帶沙啞的「未央」燻紅了她的臉。

「有房間幹嘛不睡？」她別過臉。

「就是有點餓了，結果吃麵包吃到睡著。」他露齒笑，「我又餓又累的，身體還真不知道該先滿足哪一個需求。」

「誰叫你中午不休息。」

「想說先調個時差啊！唉，我真的老了，沒有小孩了的精力。」

她回視一口咬上麵包的他，覺得心情莫名輕盈，「那，你要睡了嗎？」

「吃完再睡，民以食為天啦。妳呢？睡太飽了？」

「嗯。」她盯著他手中食物，「……喂，我也要。」

「蛤？」

「我也要麵包啦。」

他一瞬間笑了出來。瞧她不甘願的表情，簡直就像隻餓壞的貓。他把麵包分了一半給她，像是在安撫貓咪一樣地摸摸她的頭。

「幹嘛啦！還有，你不能給我別的麵包嗎？」

「其他都被我妹吃光了。別看她嬌小，她可是有個黑洞胃。」

「別把女孩子說成那樣，你根本就比她更誇張。」他們吃過幾次飯，她也每次都在見證奇蹟。上次兩人去吃壽喜燒，這傢伙可是另外又叫了好幾盤肉，怎麼餵都餵不飽。

他傲氣凝視她，「有什麼不好？我可以吃掉女朋友不想吃的東西。」

「……隨便啦。」她不想理會。

「對了，妳有想過見到程頤之後要說什麼嗎？」

「還不一定會見到呢！而且那也是幾天後的事。」

「是嗎？我倒是想好了。」

未央傻楞楞，「咦？你有什麼話好說？」

他趴在桌上，側著臉露出炯炯雙瞳，那一瞬間的狡黠令她難以招架，「我會告訴他，我……」

她直覺那是棘手的字眼，連忙摀住他嘴，「你、你嘴巴沾到麵包屑！」

「啊？騙人的吧。」

「……我真的很討厭你。」她臉色轉黑。

他笑著坐直身子，不一會兒又往她挨近。調皮的氣息撲上她的臉，讓她覺得鼻子癢癢的，不僅如此，乾燥的空氣似乎正逐漸轉熱，心，跟著忽快忽慢。

「妳能不能多說一點以前的事？像是妳跟程頤的回憶。」

以前的她絕對不會說。不過，江聿諾都陪她來了，告訴他也沒有關係吧？

未央慢悠悠地說了好幾個小故事，都是她跟程頤的。江聿諾一開始很認真地在聽，到後來，都快靠在她肩上睡著了。她皺著眉，把那張睡臉移開，避免他最後真的大膽地躺過來。

「喂，你真的有在聽嗎？」

「沒有。」

喂！好歹也說個謊吧！

「如果不想聽的話，一開始就不要問嘛！」

「我哪有不想聽？這種事本來就應該多了解，不過……」他勉強撐住下巴，「你們感情很好吧？聽起來是那樣。所以，我有點不爽啦。」

「幹嘛不爽？那都已經過去了。」

「但是，我們不是正要去找他嗎？」他再度坐直身子，那份認真取代了眼底的慵懶，「妳可別以為我在開玩笑。我啊，絕對會把我跟妳的事情告訴他。」

到底是誰要找程頤啊？她泛紅的臉降下三條線。

「明明就快睡著了，不要突然那麼認真地講那種話啦……」她明白他的意思，無法在這一刻坦然直視他。

「不管是什麼時候，我對妳一直都很認真。」

聽了他沉綿的低語，她更羞於回視。在寂靜中，她低瞅自己輕垂的髮梢，感覺到身後男孩的溫柔吐息，幾乎要染上她的僵硬。

「……夏未央。」

怎麼了？她沒有勇氣抬頭，卻撞見自己在下一秒被擄獲的手。

她愣著回眸，而他深深靠近。

他施力握緊她柔軟的掌心，那暖意，撫平了她冷亂思緒。或許，他也在猶豫，猶豫該不該在這一刻碰觸她。可當捕捉到她眼底的微弱溫度時，他終究無法抑制滿溢的心。

在一切都尚未明朗的夜裡，他們接吻了。

溫熱的唇，緊緊吸附著她的理智。讓她無法思考，也捨不得闔眼。

不久，他退了開來。在相視那一秒，他對她微笑。

「杯、杯子……」她出聲。

「杯子？」

「幫我拿去洗。」

丟下這一句話，戰敗的女孩落荒而逃。江聿諾愣愣望著她的背影，好一會兒才將目光轉向桌上的馬克杯。

「呵！」他忍不住笑了，清俊的臉染上淡紅，「哪有人在這種時候逃跑？」

不過，再為他困擾一點吧？

他希望她能多少為了「江聿諾」而感到困擾。

那天夜裡，未央失眠了。她在床上翻來覆去，一閉眼就想到那張靠近的臉。把自己的秀髮弄得亂七八糟之後，她氣急敗壞地坐起身子。

「到底誰准你亂來的！」她的臉再度竄紅。

真可惡！她早上睡得太多了，現在要怎麼靠睡眠轉移注意力啦？

可是，可是啊……

她望著暗下來的手機螢幕，在倒影中觸見自己緊繃的嘴唇。那份溫熱，很清晰，想忘也忘不了。

更何況她不想忘。

未央再度把自己埋進棉被，一夜未眠到天亮。

「未央姐，妳黑眼圈好重喔？」隔天，姑姑家的女兒麗莎好奇地繞到她眼前。

聿詩本來在跟她哥聊天，聽了，也一臉疑惑地轉向未央。

未央不允許自己回頭，免得對上那傢伙的視線，「昨天睡太多了，時差還沒調好。」

「看得出來耶！妳看起來快睡著了。」

「現在去超市逛一逛，精神會好點。」姑姑在前方說：「晚一點大家要去海灘玩，妳想去嗎？還是我們改明天？」

不想麻煩別人配合自己的時間，未央正想婉拒，但江聿諾已經替她說：

「沒關係，姑丈明天早上要上班吧？我之後再帶她去就好。」

「啊，那也可以。」姑姑笑著點頭，「那逛完超市之後，先送你們回家吧。」

那、那是要獨處嗎？未央的寒毛都豎起來。

「我也不想去海灘耶！等一下我回家打電動。」江聿諾他表哥馬修說。

「哥哥真宅。」麗莎勾住聿詩的手，「那我們兩個跟爸媽去就好。」

啊，真是太好了。未央暗自鬆了一口氣。

江聿諾在不遠處觀察她的表情，輕輕地笑了起來。

美國的超市也很大，簡直就像台灣的大型量販店一樣。聿詩推薦她買幾瓶保健食品回去，聽說很便宜。未央覺得自己不需要，但一想到媽媽，倒也認真地挑了幾樣到購物車裡。

不曉得是不是小時候對美國超市太熟了，江聿諾什麼也沒買。未央沒問他，他倒是自己解釋：「我姑姑每年都會寄東西給我們，我不用特別買。」說完，他笑著偏頭，「妳終於肯看我了？」

「……」她又漲紅臉，決定今天都不要跟他說話。

吃了超市隔壁的中式餐廳後，未央多少也覺得比較有精神了。麗莎又問她要不要一起去海灘，結果被江聿諾回絕。她愣了愣，覺得這傢伙根本就是監護人。

在車上，江聿諾又逕自解釋：「兩個人去比較有感覺嘛。」

誰要跟你有感覺。她別過頭，又快炸毛了。

將兩人跟馬修一起留在家後，其他人又開車走了。未央馬上躲回房間，沒有跟江聿諾說話。不過，江聿諾似乎又要跟馬修一起打電動了，應該沒有時間打擾她。鬆了一口氣的同時，她忽然覺得有點寂寞。

是在寂寞什麼？她根本不知道該怎麼面對那傢伙。這樣剛好，她可以一直窩在這裡。

她又埋進棉被。

後來，她還是跑去書房了。他們家小孩都在這裡打電動，旁邊有好幾個書櫃，看起來很不搭。怪的是，她沒在書房裡看見江聿諾。她靜悄悄地從馬修身後走過去，打算在那邊挑幾本書來看。

「嗨！未央。」馬修突然放下搖桿，笑咪咪地走到她身邊。「妳喜歡看書嗎？我爸媽收藏很多書，妳可以慢慢挑喔。」

「好，謝謝。」

未央不曉得該跟他聊什麼，但對方似乎對她很感興趣，「妳看起來就很會讀書！應該比我弟厲害吧？」

「沒有，他功課比較好。」

「咦？真奇怪！那傢伙電動明明也打很多。不過，我是有聽媽說過他很認真啦，大概就是那種聰明又懂得掌控時間的人吧。」他笑笑，「妳跟他是同班同學嗎？」

「隔壁班。」

「喔，你們有在一起嗎？」

她愣了一下，「……不是那種關係。」

「嗯？那他還帶妳來我家？難道，是在追妳嗎？」

「我、我不知道！」她難以招架。

這麼回答之後，她又想起那個吻。在馬修的視線中，她雙頰逐漸泛紅。

「曖昧中嗎？真可惜，我本來想進一步認識妳的，看來沒辦法了！哈哈，我弟真幸福。」

這一家人怎麼都那麼直接？

「畢竟妳很漂亮啊。」

在她想不到該如何接話時，話題的主角從兩人身後出現。江聿諾一把搭住馬修的肩，輕笑著說：

「哥。」

「喂！你要出現也製造一點聲音好不好？嚇死人。」

「幹嘛？心虛了？」

「心虛什麼？哥不會跟你搶啦！去旁邊約會，去啦。」

江聿諾沒多說什麼，抓住未央的手腕就往外走。他們在江聿諾的房門前停下，而她二話不說就被拉了進去。她雖然覺得很難為情，但對方的表情不怎麼對勁，所以她也沒掙脫。

「哥跟妳說什麼啊？」他沒回頭，語氣聽起來很輕鬆。

「閒話家常，沒什麼。」她注視他的背影回答。

「才怪，我聽到他說妳漂亮。」

呃，她該怎麼反應？她察覺對方乍變的情緒，往他身後走近一步。不知道為什麼，那份羞澀已經一掃而空。取而代之的，是莫名被激起的解釋欲望。

「那只是客套話。他剛才明明對你說了那種話，你自己也知道吧？別想太多了。」

「唔……」他似乎愣了一下。下一秒，他回過頭來，注視她的是滿眶炙熱。還有，一點點難為情。

她第一次看見這種表情。

「對，其實我不該吃這種醋，還讓妳解釋這麼多。」他邁步挨近她，「但，妳剛才為什麼要對他臉紅啊？我哥是混血兒，是比較帥啦，可是——」

「那是因為你的關係！」她情急出聲。

「啊？」他愣住。

「他問了你的事情，所以我……」

她說不下去了。過一會兒，她才意識到這句話有多讓人害羞。心臟快要變得不像是自己的了，她拼命忍住，整張臉紅得像蘋果。

忽然，江聿諾往前走，將她困在門前。他的頭頂在門上，側臉則輕輕地碰著她耳鬢的髮。她聆聽淺薄的呼吸，感受那和心跳相近的頻率，很澈底。

「……要是你老是靠我這麼近，我總有一天會爆炸的。」她在混亂思緒中，吐出一句令自己覺得不可思議的話。

「那妳就爆炸吧。」他的聲音很沉，沉得讓她來不及反應他迅捷的動作，「妳啊，就這樣為我煩惱吧，畢竟……」

他再度吻上她，這一次，帶著掠奪的力道。她的腦中一片空白，卻清楚意識到自己的沉淪。

「我希望妳的腦子裡全都是我。不用刻意忘記哪個人，只要一直想起我，就好。」

「我……」

喜歡你啊。

喜歡，真的喜歡。她在他吻著自己的同時，明顯感受到了悸動。只是，她還有事情需要解決。

她沒辦法在這個當下告訴他。

「不管以後怎麼了，妳都要記住喔。」他的語氣變得溫柔，「我有多麼喜歡妳。」

她緊緊抓住他的臂膀，在那樣多情的目光中輕柔出聲：

「……嗯。」

「嘿，妳剛才是說那個很帥嗎？」

剛從海灘回來，當未央忙著擦乳液時，江聿諾忽然挾著風衝進她房間。她嚇了一跳，一開始還不知道他在說什麼。

「出去吃午餐的時候，妳不是說公園那些人很帥嗎？」

「喔，是滑板啊……」她想起那些美國人，「嗯，感覺很厲害，台灣不常看到那麼多人在玩。」

大男孩偏著頭想了想，又走出去，「好。」

好什麼？她不解地望著那背影。

過不久，聿詩走到她房間。說起來，這次的美國之旅，兩個女生似乎沒說到什麼話。一來是因為未央的時差調得很慢，總是在不對的時間睡覺；二來是因為麗莎總是纏著聿詩。她想，這女孩應該是想問她關於江聿諾的事吧？

果然，「未央姐，妳在擦乳液嗎？」她的笑容很甜，輕快地在床邊找了位置坐。

「對。」她望了一眼聿詩的臉，「妳要擦嗎？這款很保濕。」

「啊！妳也發現我的皮膚很乾了，嘿嘿。」

她笑著看她接過乳液。這女生，長得很像她哥。兩個人都有一對大眼睛，皮膚偏白，在陽光下閃閃發亮。

「未央姐，妳皮膚好白喔。我看妳好像都化淡妝，卻還是很漂亮。」

「沒有啦！對我來說，化妝就是讓精神看起來好一點而已。我高中的時候沒化妝，妳可以等上大學再開始煩惱。」

「也是，化妝品那麼貴。」

未央停下拍臉的動作，不動聲色地觀察她的表情。

他們的家境應該不算太優渥。即使如此，卻還是陪她來了美國嗎？雖然兄妹倆的機票錢是姑丈出的，但這一路玩下來也多了不少花費吧？

她在那一瞬間感到愧疚。

「聿詩，妳有打工嗎？」

「沒有耶，爸媽不准啦。不過，我知道哥在學校偷偷工讀的事。他啊，有時候太拼命了。因為我們家經濟不是很好的關係，總是會被某些親戚看不起，他雖然不能說什麼，但很認真地讀書，努力做個對誰都很親切的乖孩子，久而久之，親戚對他的讚賞就壓過那些流言蜚語了。爸媽嘴上不說，但應該很感謝他吧。」

另一種形式的反擊嗎？她不自覺揚起笑。

「可是，這樣的哥讓我看了都覺得好累。」聿詩忽然嘆氣。

「嗯？」

「人總會有不想笑的時候吧！但他已經習慣了，無時無刻都對人親切。因為這樣，哥被好幾任女友提分手，可憐慘了。」說完，她輕笑，「我這樣掀他的底，好像很過分喔？」

「沒關係，之前他有跟我說過了。」

「反正，我希望他可以自私一點，偶爾任性也沒關係。大家都很喜歡他，一定會好好安撫他的。啊，說了這些，感覺真噁心。」她又呵呵笑起來，「對了，未央姐，我哥會跟妳撒嬌嗎？」

撒、撒嬌？她忽然想起江聿諾將頭埋在自己肩上的事。那算是撒嬌嗎？她記得，他那時候好像有一點臉紅……

「未央姐，妳怎麼臉紅了？」

「我哪有……」

「啊，哥？」聿詩朝她身後看。

未央僵住身子，才正想回頭，卻被人一把從後面抱住肩膀。不只是她，連聿詩都嚇了一跳。在兩個女人都沒說話之際，江聿諾清朗狹笑：

「我不是正在撒嬌嗎？」

「呃，我先出去了喔……」妹妹一瞬間就溜了。

「你放開啦！」她勉為其難地轉頭，「不要來了美國就毛手毛腳。」她想說這句話很久了。

「反正妳又不討厭。」他居然這麼說。

「厚臉皮。」

「隨便啦！厚臉皮、玻璃心，還是什麼都可以。吶，我跟表哥借來滑板，去公園玩吧？」

啊？他還真的跑去借了滑板？

「雖然我已經很帥了，但在妳面前我想要更帥一點。」厚臉皮的傢伙說。

江聿諾的運動神經一向很好，很快就上了手。馬修才教他幾招，他已經能流暢地將滑板在空中翻過好幾圈。五個小孩在公園裡玩了很久，直到傍晚才回家。途中，還不乏幾個看起來很有錢的鬍子哥來搭訕未央，全都被江聿諾用流利英語趕走了。

「妳很會招蜂引蝶。」他趕得都累了。

「關我什麼事？而且，不是也有幾個金髮美女來找你嗎？」

「喔，洋妞真的很漂亮啦！不過妳更可愛。」

夠了，來個美國變得這麼貧嘴。

「馬屁精。」

「我怎麼又多了綽號？」

她忍不住笑了。雖然發生很多事，但這兩天他們的確不再尷尬。是不是因為她坦然面對自己的心？

她感覺到雙頰逐漸升溫，連忙逼自己不再想下去。

晚上，她很慶幸自己終於調好時差，才能在這麼正確的時間洗澡。雖然，住美國的人似乎都在早上沐浴，但她不是很習慣這種方式。

啊，明天就要去找程頤了。

她在洛杉磯玩了很多天，也是時候前往舊金山。說真的，她還沒想好該跟程頤說什麼。而程頤，又會怎麼給這些年的回憶一個交代呢？離開前所說的承諾，難道都是假的嗎？還是，真的有其他難言的苦衷？

「可是……」

就算程頤還喜歡她，她也已經愛上別人了。剩下的，恐怕就是那份早就該放下的思念吧。

或許不是戀了，但，愛從來就沒有這麼簡單。

她閉上雙眼，感受溫熱的水輕輕拂過肌膚。

忽然，她感覺到腳邊有東西在動。一睜眼，她沒看見任何異狀，卻在下一秒發現——

「哥，你不玩電動了啊？」

書房外，聿詩望著從裡面走出來的哥哥，不禁好奇探問。江聿諾指向書房，回答：「換妳去啦。我玩了很多天，有點膩了。」

「喔，你要睡覺嗎？還是找未央姐聊天？」

「她在洗澡吧！超熱，我回房間換個衣服。」

「那掰！」

帶著微笑，江聿諾走回自己的房間。一開門，他都還沒進房，就在視野中發現一抹不該出現在這裡的雪白倩影。

「夏、夏未央？」他整個人傻在那裡。

沒錯，她的身上只包了一條白色浴巾。女孩的長腿一覽無遺，落著幾滴晶瑩的水珠。聽見他踏進房門的聲音，夏未央驚惶地回過頭來。半濕的髮披在她肩頭，將鎖骨的形狀襯得更漂亮。

等等。

現、現在是？

「你終於回來了！」她卻像是找到救星，一眨眼就撞進他胸前。

「喂，妳……」

在曖昧的氣氛中，紅潮一點一滴地爬上男孩的耳根。

「妳就為了這種東西叫我來？」

浴室前，江聿諾黑著臉指向牆角的蜘蛛。

「很、很可怕……」未央急得快哭了。她從小不怕蛇也不怕蟑螂，最怕蜘蛛啊！

「妳有沒有搞清楚狀況！妳沒穿衣服耶？」

他難得生氣，她只能怯生生回答：「抱歉，但那種東西我真的沒辦法嘛。」

「……算了，妳先離我遠一點啦。」他看她怕成這樣，跟平常冷靜的樣子差這麼多，倒也相信她是真的把蜘蛛視為天敵。

她的臉一紅，連忙後退一步。江聿諾走進浴室替她料理那隻蜘蛛，一下子就結束了。但她盯著對方的耳根看，唔，好像很紅。

她好像做了一件了不得的事……

把那東西丟進垃圾桶後，江聿諾原本想盡快離開這裡，但在他聽見不遠處傳來的聲音時，把未央拉進了浴室，並匆忙關上門。

「噓，姑姑來了。」他低聲說。

「嗯。」

在這種情況下，煎熬的人是江聿諾。他盡可能地別開視線，拼命壓抑住躁動的心跳。未央低垂著頭，暴露在冰涼空氣中的肌膚竟逐漸增溫。

浴室外傳來「未央還在洗啊」之類的自言自語，並伴隨著腳步聲消失。這時，江聿諾才將手伸向門把。

在那之前，他又收回手，輕輕抬起未央的下巴。

「我應該要告訴妳一件事。」他的聲音低啞。

他封住她濕潤的唇，指尖捧起一綹冰涼的髮絲，纏綿交錯，一如他緊揪的愛意。當她深陷那份溫柔時，他抽離了。她以懵懂視線望著對方，而解答在她耳畔響起。

「……再親下去的話，妳會完蛋。」

「唔！」她倉皇轉醒。

留下這句話，江聿諾逕自走出浴室。他不用說，她也知道意思。

未央再度開了熱水，試著讓水溫沖刷掉自己的無措思緒。她閉上眼，卻只出現他更清晰的視線。他的壓抑，和臉上泛紅的痕跡，都被澈底看進她的心。

她的腦子裡啊，都是他。

Chapter 08　思念的歸期

可是，他說他要離開了。

「這是畢業禮物。」他要她抓緊那條細線，「要抓好，才不會飛走喔。」

她已經不在乎禮物是什麼。她明亮的眸中都是淚，她，決定不說話。

「總有一天會回來的。那時候，我會來見妳。」少年立下承諾。

看那個人坐在駕駛座，很新鮮。

江聿諾和她行駛在太平洋公路上，準備前往舊金山。途中，放眼望去盡是美景，一邊是山，另一邊是海。他們偶爾停下來拍照，或是在休息站歇一下，雖然很遠，倒也不覺得特別累。

經過昨天的事，未央覺得江聿諾看她的眼神不是很自然。好像有什麼問題想問，卻又不知道該怎麼說。唔，該不會是在煩惱什麼吧？

「如果程頤他家不方便借住，就隨便找個旅館吧？一天來回十幾個小時，好像太累了。」未央輕輕地說。

江聿諾看著前方的路，但目光閃爍了一下，「嗯？妳不介意嗎？」

「我本來不知道開車要這麼久。」

「我有跟妳說過吧？」

「唔，但是……」她皺眉，說出心裡的擔憂，「你看起來怪怪的，是不是太累？」

「不是啦。」他空出一隻手搔搔脖子，「我只是覺得好像看到不該看的東西。」

「那、那只是意外——」

「我是說，妳背上的痕跡。」

聽了，她的心劇烈地跳了一下。冰涼的溫度，漸漸襲向指尖末梢。

「那時候因為太緊張了，雖然看到但也沒多想什麼。一冷靜下來，才想到我回房間的時候好像有在妳背後看到……疤痕？」

她雖然包著浴巾，但那道傷痕太大了。一定是被他看到某一部分了吧？

未央不說話，下意識抓緊自己衣角。

「其實人難免都會受傷。」他忽然說。接著，他停靠休息站，挽袖露出了手肘內側，「妳看，這是我小時候玩鞭炮弄傷的。雖然不嚴重，但也留了一個淺淺的疤。我不知道妳發生過什麼事，但可以確定的是妳現在已經不會痛了，對嗎？」

現在已經不會痛了……

她怔住。親戚總是告訴她，一定很痛吧？那個人真是缺德。從來，沒有人這麼安慰過她。

「我不想亂猜，不過感覺跟妳爸有關？」

她搖頭，「不是。」

不是那樣的。如果是爸爸弄的，她一定早就釋懷。問題是，爸爸並沒有傷害過她。

「那……」

「是我哥。」

他猛然愣住，「他真的打過妳？」

「其實我哥沒傷過我。就算變壞了，他也沒有對我暴力相向。可是，我實在受不了他誤入歧途，就跑去他跟那些人鬼混的地方。剛好，他們在圍堵一個看不順眼的人。我一出現，哥發現那些傢伙色瞇瞇的樣子，馬上想把我罵回家。後來，那個被圍毆的人像是看見希望一樣，不斷向我求情，我搞不清楚狀況，但他這種舉動似乎把那些人惹毛了。」

未央沉甸甸的目光，弄皺了他的眉。

「哥搶在那些人之前，想叫他滾遠一點。但那個人居然扯住我的手，打死都不肯放開。那些人叫我哥揍他，他也只好拿起手上那根長滿刺的棍子，往那傢伙背上砸過去，然後……」

然後，被砸中的是她。

「我……不希望他傷害別人。」她緊緊揪住衣服。當時的恐懼，又慢慢回到她的心上，「至少，我不會去報警。」

聽了，江聿諾伸手將她冰涼的掌心握住，靜靜聆聽她下一句話：

「可是，大家都被嚇到了。所有人一哄而散，只剩下我哥呆呆站在那裡。把我送到醫院之後，我主動說是一群小混混打的，沒把我哥牽扯進去。」她回握他的手，「從頭到尾，哥都沒有說話。他的表情很複雜，看起來又更黑暗了。後來，我本來想叫他不要再跟那些人混，但他在把我送回家之前說了一句話。」

她終於抬眼，卻滿是痛苦。

「他說，都怪妳太軟弱。饒過那個人幹嘛？保護他幹嘛？都是因為這樣才會受傷，不關他的事。」她很生氣，氣他竟然會說這種無情的話。直到未央看見他泛紅的眼眶，她才理解原來那不是他的真心話。

「我想，他一定很自責。」江聿諾沉聲說，「所以他只能用這種方式逃避。把問題丟給妳，他就能夠讓妳恨他。那樣，對他來說比較輕鬆。」

「他很自責啊……」不知怎地，她的眼中又盛滿了那天的淚，曾以為已經乾涸的心，原來還是這麼敏感、脆弱。「從小到大，他為我擋下所有傷害，沒讓我被爸爸動過一根寒毛。可是，最後他卻傷了我。」

「所以妳成全了他？」

「是，我開始恨他。」

她恨他，所以，他終於沒有任何顧慮了。

江聿諾不說話，眉頭一皺，將她整個人拘進懷中。未央乖乖地待在他懷裡，嘴巴卻滔滔不絕地說下去，像是在說給自己聽。

「有時候我真的很討厭他。彆扭又驕傲，莫名其妙送我手錶，卻用那種很煩的態度面對我。這次出國還叫我帶在身上，說什麼『不在同一片土地就會失去目標』，我完全不能理解他的想法。」

「但，要是……要是他真的回來了，我一直都在準備原諒他啊。奇怪，他怎麼就是不知道呢？」

「他已經回來了吧！」

「唔？」

江聿諾在她耳邊溫柔地說：「他不是有份正當工作了？還送妳禮物，那就是他正在『靠自己』的證明啊！所以說，回台灣後找時間去看他，他一定會明白妳的意思。」

「真的嗎？」

「嗯。還有，夏未央。」

她呆住，本來想抬頭，卻被壓回他臂膀。

「一想到妳背後的傷，我就恨不得自己在那個當下能保護妳。不過，我知道妳保護了妳哥，所以又覺得很欣慰。因為，妳一定從來沒有後悔過吧？」

後悔嗎？

即使這件事讓她和哥哥漸行漸遠，甚至還成了她不跟男生說話的導火線，但，她的確沒有後悔過。因為她保護了哥哥啊。

「江聿諾。」

「嗯？」

「其實很痛喔，傷口。」

「妳在跟我撒嬌嗎？」

她斂眸笑，「……我很快就能回答你了。」

「姐姐，妳也想要氣球嗎？」

未央回過神，發現自己的視野中闖進一個小男孩。他用英文問她，還好她聽得懂。不過，什麼氣球？

「是那個街頭藝人給的吧！」江聿諾指向不遠處。

那邊的小丑拿著一大束氣球，一個個分送給看表演的小朋友。父母看孩子開心，也給了街頭藝人不少打賞金。眼前的小男孩看她不說話，又跑走了。

「美國有好多街頭藝人。」

「對啊！那，妳要不要拿氣球？」

「那是發給小朋友的耶。」

「又沒關係。」他笑著拉住她向前。

她被推到小丑面前。對方彎腰將氣球給了一個小女孩，又站起來看她。小丑似乎不會說話，但晶亮的雙眼對她釋放著善意。他晃了晃手中的氣球，示意她選一個。

「其、其實我不用……」

「小丑先生，她需要一點勇氣。」江聿諾忽然以英文插話。

她回眸看他，對方的眼中盈著幾分淘氣。

似乎聽懂了，小丑將一顆藍色氣球遞給她。未央倉皇接下，連忙向他道謝。不知道為什麼，她覺得小丑給人的感覺很溫暖。不是歡笑，而是帶來幸福。

離開那條街之後，未央一直看著那顆氣球。是很漂亮的藍色。而且，似乎勾起了她的回憶。

記憶中的藍，帶著她的眼淚飛向天空，又落下。

「比較不緊張了嗎？」

她對上他理解的目光，還來不及回答。

「妳一下車就是那種表情喔。看起來很緊張，而且心神不定。」

「畢竟我是當事人。」而她就要去拜訪程頤了。

「跟那個沒關係。因為，我也很緊張。」

「你緊張什麼？」

「我擔心妳會跟他走。」

她停下腳步，回視臉色緊繃的男孩。心情雖然複雜，但他還是對她溫柔一笑。

「怎麼？不能擔心嗎？是我建議妳來的沒錯，不過，誰也不曉得結果會如何。」

未央找不到話解釋，只能在下一秒拉住他的手臂。他愣著注視她白皙的手，雖是微弱，卻給了他緊握的力量。嫣紅的臉，讓他看了燦爛揚笑。

「我以前覺得不坦率的妳很可愛，不過，現在也不錯。」

「什、什麼意思？」

「意思是，我更喜歡妳現在坦率的樣子。」

還真會說。未央別過臉，在他看不見的那一邊羞澀抿唇。

不久後，兩人站在地址上所寫的住宅前。未央遲遲沒有踏出那一步，不言不語，緊抓著身旁男孩的手臂。江聿諾看她緊張，平靜地指向門旁的信箱。

「妳有想過嗎？妳每個月的信都會被放在這裡。」

「嗯？」

「但是，這個信箱卻是空的。」他又指向裡面，「這代表，他的確看了妳的信。應該說，就算程頤真的搬家了，也有一個人不間斷地收著妳的信。而且，那個人並沒有叫妳不要再寄了。」

「所以？」

「我的意思是，妳的思念並沒有那麼孤單。」

他的言語觸動了她，在那一刻隱約勾勒眼角的酸楚。他想說什麼，她都懂，只是，只有這件事情……

「江聿諾，你知道我很想回去嗎？」

「現在？」

「對，我不願意看清事實。即使已經來到這裡了，這一秒，我還是想躲回台灣。然後，每個月依然把信寄給他，期待他有一天會回信。」

他愣了一下，想看清楚女孩眼中的傷痕，對方卻轉身迴避。

「我很害怕。」她輕聲說。

「想回去的話，我就陪妳回去。」

「啊？」

但江聿諾是認真的。他將未央拉回自己身邊，告訴她：「雖然我希望妳可以勇敢面對，但如果妳真的想在這一刻回去台灣，我們現在就走。」

「你不會覺得這一趟是白費力氣？」

聽了，他露出輕盈笑容，「怎麼會？妳不是愛上我了嗎？」

真的很敢說呢！她也忘了害羞，眼角彎起純淨的弧度。

未央丟下他，往那扇門走近幾步。她伸出手，停在門鈴前。

她緩緩將指尖放在鈴上。像是穿越過去的按鈕，帶著思念，來到現在。

程頤無法給她交代，沒關係。

至少，要給自己一個交代。

他們並沒有等很久。

門一開，面容清秀的男人從裡面探頭出來。他的目光先是放在未央臉上，而後又望向江聿諾。最終，對上未央的視線。那雙眼裡，藏著一點熟悉的懵懂。

難道他忘記夏未央長什麼樣子了？江聿諾思忖。

「程昊哥。」

「唔，是未央嗎？」他終於認出女孩。

程昊？那是誰？

未央轉頭看江聿諾，小聲解釋：「他是程頤的弟弟。」

原來不是程頤啊，江聿諾忽然鬆了一口氣。不過，他好不容易做好的心理準備又暫時白費。

「咦？未央，妳怎麼會來美國？還有這位是……」

「他是我朋友。」未央對他禮貌微笑，「不好意思，突然來打擾你們。我們來美國玩，順道過來拜訪。」

夏未央不說出真正目的嗎？江聿諾沒有搶話，而是同樣給了一個禮貌的笑容。不過，他的心微微發疼。

「啊，原來如此！我爸媽不在，但你們先進來吧。」程昊笑咪咪地將門敞開，「請進。」

途中，都沒有看見程頤的人。但，未央也沒有多問什麼。他想，要是那個叫程昊的男人沒提，她應該都不會說出記憶中的名字。

原來還是在逃避嗎？江聿諾斂著眸。

程昊招待兩人紅茶，接著在他們對面沙發坐下。男人望著兩人的微妙互動，倒也發現了一點端倪。

「實在很不巧，我爸媽剛好出遠門了，明天才會回來。不過，我等一下打電話試試，或許他們會提早回來。未央，很久沒看見妳了呢！」

「是啊，上一次是我國中的時候。」

「妳大學了吧？時間過得真快，我也畢業一年了。」程昊轉而望向江聿諾，「對了，同學怎麼稱呼呢？」

「我叫江聿諾，程昊哥你好。」他露出笑臉。

「你好。唔，你們是同學嗎？」

「對。」

「這樣啊，一起來美國走走也不錯。美國很大吧？跟台灣完全不一樣。不過，我偶爾也想回去看看。」

「那，隨時歡迎你來玩。」

嗯？怎麼都在講客套話？難道，程昊不準備把哥哥叫出來嗎？還是說程頤已經搬出去了？當事人不提，江聿諾也只能胡亂猜測。

不久，有個漂亮的金髮女人走進客廳。程昊說那是他的老婆，讓他們都很驚訝。

「程昊哥已經結婚了啊？」這麼說，是剛畢業就結婚囉？

打過招呼後，程昊笑著搔搔頭，「是啊！我們大學認識的，一畢業就先結婚。」

聽了，江聿諾的腦中閃過一個可能性。

會不會程頤也結婚了？所以，他才沒辦法回那些信？

他不動聲色地瞅了身旁女孩一眼。她沒有異狀，很正常地跟程昊對談。

「對了，你們留下來吃晚餐吧？我老婆會煮一點東西，不嫌棄的話，吃完再走。啊，我先打電話給爸媽。」

未央靜靜望著程昊的背影，不一會兒又看向自己指尖。後來，她才發現他停駐的目光。

「喂，這樣好嗎？」

「什麼？」

「妳什麼都不說。這次來，不就是為了程頤？」

「但是……」她忽然不說話。

「等一下程昊哥回來的時候，問問他吧？」

未央握緊了自己的手。在他以為她要做出什麼決定時，對方霍然站起身。他從低處抬眸，擄獲她一瞬間動搖的神色。

「我去一下廁所。」她快步離開。

他愣著，而程昊也回來了。程昊十分親切地告訴他：

「我爸媽今天沒辦法回來，但他們希望你跟未央能在這裡留一晚。你們方便嗎？雖然家裡不大，但兩間空房還是有的。」

「啊，應該沒問題，謝謝你。」江聿諾環顧了一下四周，「對了，程昊哥……」

「怎麼了？」

「這邊就你們住而已嗎？」

「嗯，爸媽還有我老婆。」

果然不住在這裡。「不過，我聽未央說，你好像還有一個哥哥？他住外面嗎？」

聽了，程昊露出瞭然神色。調整了一下心情，他才平靜地告訴江聿諾事實。

「嗯，你是說程頤吧？他其實……」他輕垂嘴角，「已經去世了。」

去世了……？

江聿諾震驚得說不出話。

那個女孩的思念，原來，從來沒有傳達到對方的心中。

這一刻，他應該要鬆一口氣的。他的情敵早就不在了，沒辦法奪走那個女孩。可是，為什麼……他的心卻緊緊揪成了一團？

那一天，她眼泛淚光的模樣，又重回他的腦海裡。他不願看見她哭泣。

「程昊哥……」

「什麼？」

「麻煩你不要告訴她。」他的目光嚴謹，「拜託你，先別把這件事告訴未央。」

說完，江聿諾站起身，「我去找她。」

「呃，等一下！」

他在那瞬間回過頭，觸見對方眼中困惑的色彩。或許，他早就該明白了。在那一刻，他應該要明白事情並不是那麼簡單。女孩的傷痕，他怎麼會沒看清楚呢？她的笑容，明明不是那麼純粹的存在。

「未央她早就知道了喔！在她國二那一年，她就知道程頤因病去世。奇怪，她沒告訴你嗎？」

她早就知道了。

在那個最重要的人去世的當下，她就已經知道了。

「怎麼會……」

他的心彷彿在那一刻被重擊。

一開始，他的確是被她的外表所吸引。

後來，他樂於看她不坦率的模樣。

回過神時，他已經喜歡上她的全部。

可是這樣的她，心裡一直有一個人的存在。她不斷寄信給他，儘管對方從來沒有回信。她猜測著那個人不回信的原因，也猜測給他聽；當她的眼裡散發著寂寞時，他便決定要好好陪著她。

但，原來她早就知道原因。

原來，她的寂寞是一種無能為力。

江聿諾沒在廁所找到人。應該說，她離開的方向本來就不在那裡。經過很多房間，他才終於在一扇半開的門中找到她。

她站在陽台。那抹背影，他竟只能安靜看著。

女孩凝視遠方，彷彿那片天空給了她什麼感觸。這個季節的雲很美，天空更藍，就跟那一年一樣。明明是那麼清明的思緒，卻輕易地消散在空氣中，找不回來。

要是，別那麼執著就好了呢。讓它消散，不就好了嗎？

她把藍色氣球拿在手中。

「離開前，他給了我一顆藍色的氣球。飛到天上會融入天空的，那種藍。他說，只要我一直抓著它，它就不會消失。不過，一旦放手了，就不會回來了。他還說，他雖然在國外生活，但一定會找時間回來看我。他要我好好守住那顆氣球，直到我們以後再見面。」

未央的聲音很平靜，聽起來卻是不可思議。

「現在想想，那種話只有小孩子才說得出來吧？不過，當時他才十八歲，也不算已經長大了啊。後來，他在美國的大學念書，而我被媽媽接回身邊，也順利地上了國中。雖然哥哥讓人頭痛，但我們一家也算是相安無事。還不錯吧？完全看不出我是那種家庭的小孩。」

「啊，我有寄信給他。但他有點忙，而且不會從美國寫信到台灣，英文超爛的。所以，透過家裡電話告訴我，等過一陣子再回信。」

啊，這是第一個謊言。

「他過得很好，我也是。不過，他第二年就不跟我聯絡了。我猜是交了女朋友？沒關係，我還是一樣每個月都寄信給他。我告訴他，因為親生哥哥的關係，我現在很討厭男生，但，我還是喜歡程頤哥哥。」

第二個謊言。

「等上了大學，他還是沒回信。原來程昊哥結婚了，嗯，那程頤哥哥應該也結婚了，長男沒道理不先結。所以，他絕對不會寫信給一個小時候喜歡的女孩——」

全部，都是謊言。

他不忍心打斷她描繪的虛幻，卻更不捨她陰暗的背影。

「錯！他不是交了女朋友，也沒有結婚。他，在第二年就生病去世了，而妳早就知道這一切。」

未央止住聲音。

「他有收信喔。」過一會兒，她又說。

「那應該是程昊哥幫妳收的。我猜，妳有拜託他收信。」

「可能是對我厭倦了。」

「程昊哥告訴我，程頤一直喜歡著妳。」

「是啊，那為什麼呢？」

她忽然轉過身，以寒冷的目光望著他。她的嘴角在笑，眼底卻沒有光彩。

不對，那不是夏未央該有的樣子……

「為什麼你要揭穿我？」

「為什麼你要把這一切打碎？」

「為什麼你要把我帶來美國？」

「為什麼你不把我擋在門前？」

「為什麼你要告訴我程頤還愛我？」

「為什麼你要告訴我他死了！」

她猛地衝上前，一拳打在江聿諾的胸膛。力道不大，卻讓她眼角的淚光全都碎在唇邊。一次又一次，她將痛苦都發洩在他的身上；一聲又一聲，他的耳邊迴盪著她聲嘶力竭的咆哮。

她從來都知道那份思念抵達不了他身邊，卻一直假裝他還在。

是他，狠狠揭開了她的傷疤。

「他離開了，我整個人也碎了，你懂嗎？只有想著他的時候，我才覺得自己是完整的。」

「我不想醒，你卻一直逼我醒！」

「你說啊！為什麼？假裝什麼都不知道，不是很好嗎？」

「妳不能一直活在回憶裡。」他深深蹙眉。

她不說話，離開了他身邊。走回陽台，她再度高舉那顆氣球。

「知道他死了之後，我放手，想讓那顆氣球飛到天上。不過，你猜怎麼了？它竟然飛不起來！它馬上就破了！」她又笑：「呵，你看，我連放手都沒辦法喔？」

「夏未央。」

她回頭，黯淡無光。

「過來。」

她在那一秒顫抖雙肩。

「妳過來。」他凝視她。

最後，她慢慢走向江聿諾。每走一步，就流下一行淚。非常平靜，卻不能算是平靜。

等她終於到達他面前，男孩溫柔擁住脆弱的靈魂。

她觸碰到那個溫度，視野變得更模糊：

「對不起啊……」

她抱住他脖子，又說：「江聿諾，我喜歡你。可是，我也喜歡程頤。你把他打碎了，那我要怎麼好好放他走？江聿諾，我沒辦法放他走了，你知道嗎？」

「那就不要放吧。」

他握住她一邊的手，同時也握著那顆氣球的線。

「妳喜歡我，不是嗎？」他低聲說：「現在妳身邊的人，是我。」

未央待在他的懷裡，有那麼幾秒停止了思考。但，她的淚沒有止息。她為她的初戀哭泣，為她無法改變的事實深深哀悼。

他握緊了她的手，像是在給她眼淚。

「夏未央，我喜歡妳。以前好像沒有好好說過？所以，妳才總是不夠清楚我的心意。」

「我喜歡妳，無論妳是什麼樣子。聽見了嗎？」

聽了，她胡亂擦去頰上的淚。在撞進他視線的瞬間，溫柔地給了他一個親吻。

「妳這是什麼意思？」他目光變深。

「……你真的不知道嗎？」她又拿這句話回應。

她，想待在他的身邊。一份她所能觸及的思念。

這些年，真的夠了。

「妳真的要去嗎？」

「嗯，我已經在電話中跟他爸媽說了。」

「那，可別哭出來喔。」

未央回視開著玩笑的男孩。她笑了一下，才換上不悅臉色。

「我才不會哭。」

再多的眼淚，都在昨天流完了吧？她將棉被摺好，等一下準備跟剛回來的程家父母見面。他凝視她纖薄的側影，目光全是溫柔。

「對了，請你不要隨便闖進女生房間。」

「妳不是起床了嗎？」

「連棉被都還沒摺好，看也知道是被你勉強叫起來的。」她瞪一眼。

「好吧！我以後會先打電話叫妳。」

「不用啦。我還沒整理好，你先出去。」

「妳還要整理什麼？」

她實在是對男生沒轍，「在女生沒打扮好之前，不要一直盯著臉看。」

「有什麼關係？妳有沒有化妝都差不多。」

她不想跟男生解釋這種事。反正，他們大多看不出差別。

後來，江聿諾還是被她趕出去了。雖然他們算是在一起了，但女生該有的矜持還是要有。她謹慎地想。

他們跟程家父母一起吃了早餐。兩個長輩都還記得未央，應該說，他們本來就很喜歡她。其實，他們也知道大兒子喜歡未央的事，不過人都已經去世了，就沒有再特別提。

途中，程媽媽講了很多程頤在美國的事。已經很多年了，氣氛沒有想像中悲傷，有的也只是緬懷過去的安詳。雖然未央在第一時間就知道程頤去世，但那年畢竟沒有直接和程家人見面，很多事情都不是很清楚。

他們說，程頤的抵抗力不是很好。在他搬來美國第二年，就因為水土不服而罹病去世。這一點未央是知道的，在育幼院時，程頤就常常感冒，身體簡直比她還虛弱。

「那孩子唯一的遺憾，大概就是始終沒有寫給妳一封信吧。」

「……請問，我可以看看自己寫的那些信嗎？」

「當然可以啊！昊，你把信放哪了？」

程昊連忙說，「我放在哥以前的房間。未央，我帶妳去吧！」

江聿諾也跟著去了。或許，她需要一點陪伴。這幾年來，未央寄來的信真的不少，都被好好地收在一個箱子裡。程昊哥替她保存得很好呢！

儘管這些無人拆閱的信還是有那麼點孤清。

她拿起幾封信，卻猶豫著下一步。

「妳要打開來看嗎？」

她抬眸，「感覺會更孤單。」

「怎麼會？我的話會全部溫習一遍。」

「是嗎？」

她挑出幾封泛黃的信，還有近幾個月內寄的新信，「對於程頤……我雖然一直想著他，卻始終不知道自己有多想他。除了昨天，我從來沒有為他掉過眼淚，這不是很奇怪嗎？明明他是那麼重要的人，明明……我以為他會是我這輩子唯一的愛情。」

她的話說得很輕，他卻能聽見這些年的重量。

「我常常覺得自己冷漠，但是，我現在才明白原來自己並不是那麼冷漠。直到接近這片土地，走入他曾生活的空間，甚至，是拿起這些信的這一刻……我才體會到思念的深淺。原來，我其實真的很想他。」

江聿諾沒有說話，彷彿任何字句都會打擾她這一刻的平穩。

「有時候，分開了太久，就不再能時時刻刻感受到想念。」她噙著一抹淺淡微笑，「但是，一切都沒變吧！不管過了多久，我一直都深受回憶影響。我啊，竟然要等人親自到了這裡才明白呢。」

她轉望男孩靜謐的神情，好一會兒才猶豫地說：「所以，我想問你……」

這樣的她，這樣念舊的夏未央。

「這樣的我，真的可以嗎？」

她沒有把話說明，但兩人都懂意思。彷彿等了這個問題很久，江聿諾給她溫篤的笑意：

「嗯？妳還沒放棄問我這個問題？」

「你只管回答就好。」

「妳的信裡有寫到我嗎？」

她意外他會問，「啊，是有寫一點……」

「那，程頤應該很忌妒吧。」

「咦？」

他忽然淘氣地把她抱住，像風，溫柔吻過她額前的髮絲。她在他懷抱中眨眼，滿腦子的回憶都被暫時清空。

「忌妒我可以像這樣抱著妳。嘿，妳什麼表情？看起來很呆喔。」

「因為你沒有回答問題啊！」

「是嗎？我覺得那就算是回答了。」

他認為自己會被程頤忌妒。不過，他不知道自己正在忌妒。

見她沒有追問，江聿諾的目光越過她，投射在遙遠以後。

「但，會有那一天的。除了我，妳沒辦法再想著其他人。」他說：「我正在等那一天。」

思念
未歸。

Chapter 09　離不離開

「他離開了。」悲傷的婦人說。
「他才沒有離開。」長大的女孩對自己說。
她笑著寫信，哭著等信，平靜地遺忘知道真相的另一個自己。
啊，他怎麼還不回信呢？

在回洛杉磯之前，他們去程頤的安眠之處看了他。兩人並沒有停留太久，很快就準備走了。

「程頤哥哥，我要回去了。」未央留下一束鮮花。她轉頭瞥了不遠處的江聿諾一眼，又回過身來。「抱歉，這個氣球不能給你。我本來想把它給你的，但，好像已經有人認領了。你看到那傢伙了吧？他有點驕傲，又很愛捉弄人，跟溫柔的你完全不一樣，不過……」不過，她泛起微笑，「我喜歡他。程頤哥哥，你不用再擔心我了。」

「還有，我之前不是說沒見到你就要忘記你嗎？我的確是沒見到你，也不可能會見到你，但，我決定收回那句話。既然某人對我下了戰帖，那我也不需要顧慮了。」

「不會忘的。程頤哥哥，不管過了多久，我都不會忘記你。」

而他心中的那個未央，決定帶著回憶向前走了。

後來，他們在姑姑家度過最後一晚。隔天就要回台灣了，姑丈準備了一些食材和酒，打算以烤肉大餐來歡送他們。

未央本來不想喝酒，但她抵不過姑丈和馬修的熱情，硬是喝了幾杯。江聿諾小心翼翼地觀察她臉色，深怕她不支倒地。不過，他們一家人玩得很開心。未央雖然頭暈，但也覺得很值得。

「哥，下午你們從庭院回來的時候，我有發現你牽著未央姐的手喔。」

在客廳裝可樂時，江聿諾被隨後跟來的妹妹嚇到了。

「呃，怎麼？」

「你們在一起了嗎？」她笑得賊兮兮。

在一起？雖然她沒特別說，但應該就是這種關係了吧。不過，他是不是要再找時間向她表明呢？夏未央沒那麼笨。何況，她也不是那種優柔寡斷的人。還是順其自然吧！

「不說話就是承認了喔！」

「嗯，大概吧？」他調皮揚笑。

「什麼大概？女生可是很注重名分的！你不說清楚的話，小心嫂子被追走喔。」

「放心，我會好好抓住她的。」

「是嗎？我看她都快要被馬修哥哥把走了。」

他回頭一看，臉龐泛著紅暈的未央好像醉了。馬修還搭著她的肩，熱情攀談。江聿諾蹙著眉，一下子就上前分開兩人。他換上親切神色，向在場的親人們說：

「未央看起來需要休息了，我送她去房間。」

未央也不反抗，看起來沒什麼力氣說話。江聿諾扶著她，一路走到房間裡。雖然她走路還算穩，但臉色很恍惚，他還是怕她跌倒。

他沒想到會看到她喝醉的樣子。不過，看來她是「沉默型」的。喝醉了什麼話也不說，只是一直呆呆看他。

噗！真可愛。

「好啦！妳乖乖睡覺。明天要早起，錯過飛機我可不管妳喔？」他揉亂她頭髮。

未央還是不說話，安靜地坐在床上。

「晚安。」他笑。

他轉身離開，女孩卻在此時攫住他擺在身後的手。江聿諾回頭，觸見她露出無辜的表情。唔，她是……

「你要去哪裡？」她的聲音變得很孩子氣。

「回房間啊，怎麼了？」

「不陪我嗎？」

「妳是說，陪妳睡覺嗎？」他走回去，將掌心安放她頭上，「不行喔！這裡畢竟是別人家，我不想有個萬一啊。」

但喝醉的未央聽不懂，「你為什麼不陪我？」

見她開始跳針，江聿諾搔搔頭，上前替她整理好棉被。他掀開棉被一角，輕捏她的肩，「快睡啦！我等妳躺好再出去。」

「你要去哪裡？」她又跳針。她撲向他，一把將他抱住，讓江聿諾措手不及。

「喂……」喝醉了倒是很大膽啊。

她的芬芳，隨著濃郁酒氣竄過他鼻尖，是一種既純真又狂放的誘惑。他做了個深呼吸，稍微將女孩推開一點。他的目光，滿是溫柔怨懟。

「妳就放我走吧，嗯？」他低聲說。

「我不喜歡會突然消失的人。所以，你以後不能消失喔。」

「消失？」

「嗯，不要離開……」她的聲音漸小。

他回過神時，她已經在他懷中睡著。他微笑凝視她的睡顏，好一會兒才將她安放在床上。替女孩蓋好棉被後，他走出房門。

有些離開是必須的。

但是，從今以後，他會盡他所能地待在她身邊。

「這個是給聿詩的，我帶了兩罐乳液去美國，這一罐還沒有用到。我看她皮膚比較乾，這很保濕，用一陣子就會變好的。」

未央拿出聿詩用過的那牌乳液，遞給江聿諾。她往前座看一眼，那女孩睡得正香。

「嗯，妳回去也早點睡。」他不禁笑起來，「妳應該又要調好幾天的時差了吧？」

「又沒關係，還有半個月才開學。」

其實她也很想睡，眼睛都快閉起來了。不過，她還是不願意躺在某人肩上。江聿諾的爸爸開車來機場接他們，她覺得在對方家人面前還是別那樣做比較好。

「那妳這幾天有空嗎？」

「幹嘛？」

「喔，我只是覺得應該要找幾天出來約會。」他的聲音不小，江爸爸都聽見了。

「……再說啦。」而且，他們住隔壁縣市耶。

下車後，江聿諾送未央到家門前。回頭望了有段距離的車子一眼，他笑咪咪地挨近她。

「聿詩有禮物，那我呢？」

「厚臉皮，還想跟我要禮物。」

「不是啊！妳給聿詩卻沒給我，這說不過去。」

是要跟誰說得過去？送那罐乳液也只是臨時起意。

她瞪著他，「想要什麼你就直說。」

「哈！我就是喜歡妳這麼乾脆。」他向前圈住她腰，「親我一下？」

「啊？大馬路上的你丟不丟人？」

「早知道該讓妳喝點酒的，才會大膽一點。」

見他說起那件事，她漲紅臉。她一把推開他胸膛，眼裡都是火，「別鬧啦！還不是你親戚一直灌我酒。而且，我不記得我有做什麼。」

「妳撲倒我，居然不認帳？」

真的假的？她狐疑瞪他。

「親我一下以示負責。」他理直氣壯。

嘖，再鬧下去他爸都要走過來了。她只好妥協，給他一個輕如薄紗的吻。這場鬧劇本該在這一刻結束的，但……

「靠，真的假的？」她的內心話被另一個男生講出來了。

兩人同時回頭，竟然撞見張宇晟的臉。

未央臉都綠了。

「我來親戚家玩，所以……」張宇晟呆愣解釋，「經過附近。」

所以，他們開學日上了系刊頭條。

這一天，某系人手一張報紙。不管是哪一班，都明目張膽地討論著男女主角。江聿諾搶過好友的系刊，仔細看系學會那些傢伙是怎麼寫他們的。

「『女神與人類的跨種族戀曲』？這什麼鬼標題！好歹我也是最帥的人類。」

張宇晟搶回系刊，「所以他這麼寫並沒有錯啊！」

「說，是不是你投稿的？」

「我突然想到我還有點事沒做……」他一瞬間溜了。

江聿諾不高興地望著那欠踹的背影，差點就把鞋子丟過去。隔壁班的情況也差不多吧？夏未央應該被她朋友問慘了。唉，誰知道張宇晟那傢伙會出現在她家門口？

不過，這樣也不錯。他忽然一笑。

但未央可沒覺得不錯。

她一早就被朋友纏著問，問那是什麼時候的事。京雅嚷得可大聲了，她一直覺得未央不夠意思，居然沒先告訴最好的朋友。宛琪第二節課才來，但顯然也知道了。未央還在煩惱該怎麼面對她，她卻高興地出現在她面前。

「我還在想你們哪時候要在一起呢！真慢。」

「啊？」未央很意外。

「我之前就聽說江聿諾在系會的時候公然說他喜歡妳啊！那麼霸氣，超帥的！怎麼可能追不到妳。」

唔，那傢伙到底都在外面嚷嚷了什麼啊？

「宛琪，妳……」

「啊！妳別在意我，我已經有男朋友了。」她轟天一炸。

「男、朋、友？」未央和京雅同時瞪大眼。

「靠！妳怎麼又沒告訴我！妳們太過分了，為什麼我都是最後才知道啊？」

宛琪扭著身體，言談中冒著粉色泡泡，「哎喲！那時候失戀嘛，我新宿舍的房東就來安慰我啊！天天送我水果吃！他很年輕，長得可帥了，我就不小心喜歡上他啦。」

「房、東？」未央和京雅又被炸到。

「是啊！他是張宇晟的堂哥，才二十五歲。」她又開始扭，「阿誠說喜歡肉肉的女生，覺得那樣很可愛。我啊，也是有市場的！」

怎、怎麼又跟張宇晟有關啊……

她實在無法想像宛琪嫁進張家的樣子。

「哼，我一定要找張宇晟算帳！他哥把走宛琪，又讓我最後一個知道未央的男朋友是誰……他死定了！」京雅的頭上冒著火。

未央無奈地望著鬧成一團的好友們，覺得世界很亂。

下課後，江聿諾邀她去哥哥打工的餐廳。但江聿諾要工讀，未央就先在系辦坐著等他。她瀏覽著布告欄，隨意看過幾項資訊。

系上的歌唱大賽開始報名了？宛琪不曉得會不會去。

女籃得名了？京雅沒跟她說。

系會幹部正式輪替？啊，江聿諾他們卸下職位了。

實習機會？她好像有點興趣。不過，她不想離開這裡。

交換學生開始徵選？對她來說太遙遠了。

果然，她沒有參與活動的慾望。

「久等了。」

「下班了嗎？」

「嗯，五點了。」他隨她方才的視線看去，「妳在看什麼？交換學生嗎？」

「隨便看看啦！我又沒興趣。」

「會嗎？」但江聿諾揚起感興趣的笑，「我覺得到國外讀書很酷。而且，也可以把英文學得更好。」

她望著他的笑，沒來由地感到不安。下一秒，她抓住他手臂，飛快地離開了那裡。

「但我也沒錢去交換……啊？妳走這麼快幹嘛？」

她沒有回答。不過，惱人的思緒弄皺了她的眉。

「妳哥好像遇到麻煩了？」

一進餐廳，江聿諾就悄悄在她耳邊說。她往另一區看，發現有個客人似乎在找他麻煩。聽不清楚對話，只知道她哥一直彎腰道歉。

真不可思議，那個講沒兩句就對人大打出手的夏承宴，居然在向人賠不是。未央大開了眼界，絲毫沒注意江聿諾的目光有多趣味。

他覺得她瞠大眼的樣子既好笑又可愛。

「啊，妳哥看到我們了。」江聿諾又說。

夏承宴看起來有點不好意思，似乎沒料到未央會來探班。他替兩人送上菜單，順道問起美國的事。

「很早就回來了，也沒去太多地方玩。」未央邊看菜單邊說。

「妳有見到程頤嗎？」

她的指尖停在某行字前，目光遲疑了。

江聿諾本來想替她解圍，但她輕輕搖頭，抬眼直視夏承宴，「沒有，下次再跟你說原因吧！」

既然她決定要認清事實了，就不會把別人也蒙在鼓裡。

「好吧！那你們想吃什麼？」

選好菜色後，夏承宴拿著菜單走了。

「感覺他有點尷尬？」

「畢竟他很彆扭啊！」

「呵，其實你們差不多吧。」江聿諾大笑。

「啊？」她氣得差點把水杯丟過去。

店長知道他們是夏承宴認識的人，給了他服務這桌的許可。他一一送上餐點，也趁機聊了幾句。聽他說，他已經在這邊工作一年，準備升上正職了。未央替他覺得開心，這個人終於不用無所事事了。

「店長叫我做櫃檯，但我不太會算錢，有點擔心啊！」

「不過，顏值高的就是要當門面，認了吧。」江聿諾半開玩笑地說。

「你要不要來工作？我叫店長讓你做門面啊。」

「謝謝誇獎。但，我還想留一點時間跟你妹約會。」

什麼啦？未央差點把紅茶噴出來。

「哥，你別聽他亂說。」

哥？夏承宴眼睛都亮了。未央是叫他哥嗎？天啊！好幾年沒聽見了，他感動得亂七八糟。

不過他很快回過神，對江聿諾凜著一張臉：「你什麼意思？難道我妹答應你了嗎？」

「答應了嗎？」江聿諾把問題丟給女主角。

「你、你們自己去旁邊聊啦！」她簡直要瘋了。

夏承宴似乎有話要說，但隔壁桌的客人在叫他。他笑臉回應，回過頭時卻變了臉。

「你等一下到廁所來，我有話要說。」

奇怪？哥之前不是很贊成嗎？怎麼一副要找他幹架的樣子……

還好，夏承宴並沒有準備什麼凶器。

他邊拖地邊說：「好，可以告訴我你們情況如何了？」

「我追她，成功了。」

「哪時候的事？」

「在美國的時候。」他思考，「只能說近水樓台先得月吧。」

「啊？你對她做了什麼？」他的拖把掉到地上。

江聿諾替他撿起拖把，笑著說：「別緊張啊！我很紳士的，什麼也沒有。」吻應該不算什麼吧？他想。

他的眉皺得深，「你最好乖一點，不然我可不會放過你。」

「你這是對妹妹過度保護？」

「什麼過度保護？我從小時候保護她到大！她的對象，我不謹慎一點看看怎麼行？」雖然他之前是開過幾次玩笑，但不代表他們真正在一起時他會很坦然啊。「我告訴你，如果你沒辦法為她擋下一把刀，就別跟她在一起。」

「一把刀？」他愣住。

「對！」夏承宴忽然挺起胸膛，「小時候，我爸拿刀嚇唬我們，是我衝過去擋在我妹面前！雖然他沒有真的砍，但我發誓一定會保護她。」

「你是不是覺得除了你之外沒人可以跟你妹在一起？」

他的耳朵居然泛紅，「也、也不是這樣啦。」

「……」明明就是！

後來，未央問他們在廁所都說了什麼。江聿諾凝視她幾秒，好一會兒才忍住不笑。

「其實妳哥只是個妹控而已，一點都不可怕。」

「啊？」什麼是妹控啊？

她聽不懂，但江聿諾沒有要解釋給她聽的意思。

「這就是妳的新宿舍？很漂亮耶！」

未央已經把交誼廳和其他地方都晃了一遍。現在他們站在宛琪住的那一層樓，不斷聽對方大力推薦。

「對啊！妳跟江聿諾要不要搬過來？阿誠說還剩很多空房！有很不錯的雙人套房喔。」宛琪那包租婆的架勢十足。

「喔，感覺不錯？」江聿諾笑著露出一排牙齒。

誰要跟你一起住！未央瞪著這隨便跟來的傢伙。

「真好啊！吳宛琪跟我哥住一間，江聿諾又可以跟女神住一間，只剩我這個單身狗。」張宁晟很羨慕。

京雅瞥了他一眼，「你也不看看你自己是什麼樣子？要是像你哥一樣一表人才，會單身嗎？」

眾人朝房東阿誠的方向看去，對方露出了溫暖開朗的笑臉。哇，那身高簡直像模特兒一樣。反觀張宇晟，雖然身高也不矮，但就是少了一股氣勢。

「喂！妳是不是還在記恨啊？女隊長。」

「你這個人有什麼令人印象深刻的地方嗎？」她哼氣。

「好了啦！很愛吵耶。」宛琪笑了起來，「大家要不要去交誼廳坐一下？我們有買披薩喔！」

「宛琪，妳簡直就像女主人了。」

她笑著拍拍未央，「哪有！妳也可以啊，早點跟他搬過來啦。」

她又沒有說要跟江聿諾同居……

未央不小心瞥見江聿諾的燦爛表情，忽然熱了幾分。他幹嘛喜出望外啦？

一群人聚在交誼廳吃披薩，氣氛很歡快。途中，京雅叫未央陪她去樓下買個可樂，兩個女生便先暫時離開。到超商時，京雅還在碎碎念，開口閉口都是張宇晟的愚蠢事蹟。

直到她們各拿了一瓶可樂結帳，未央才靜靜地說：

「京雅，妳跟張宇晟是不是很好？」

「呿！誰跟他好。」她隨即反駁，但耳朵罕見地染上鮮明色彩。

「是嗎……」未央輕輕笑起來。

「喂！妳不要笑啦！」

「不過，這種男生不錯吧？沒心機，又很好相處。」

「是沒錯啦！對我來說，阿誠那種男生太溫柔了，江聿諾那一種又太聰明，感覺隨時都會被捉弄，兩個人都不是我的菜。」說完，她忽然摀住自己嘴巴，「當、當然，張宇晟那種蠢男人也不是我的菜！但相較起來好相處了一點。」

「所以，京雅妳的菜到底是哪種？」

「嗯……單純的天然呆？」

那根本就是張宇晟啊。算了，未央不打算說開，讓他們自己發現比較好。

後來，她們回到交誼廳，大老遠就聽見那些男人講話的聲音。忽然，未央的腳下一頓，停在轉角處的柱子後面。

「江聿諾，交換學生開始報名了耶！不去嗎？」張宇晟邊吃披薩邊說。

「我沒報名啊！你呢？不是要去嗎？」

「我早就報名啦！想去奧地利。喂，你大一的時候不是還說要跟我一起去嗎？你又唬人。」

「哪有唬人？經濟不允許，難道你要幫我出嗎？」

「啊，那也沒辦法。」他嘆氣，「我記得你很想去歐洲耶？好啦，我會多拍一點照片給你。」

「現在還好，比較想去美國讀。」輕描淡寫地說完，江聿諾換上鄙視目光，「還有，你德文那麼破，會不會被選上還不知道吧。」

「就靠你幫我惡補了啊。」

「我又沒修德文。就算教你，你這白癡也學不會。」

她還聽得入神，京雅卻闖進她的專注視線：「未央？妳站在這裡幹嘛？」

聽見京雅的聲音，所有人都回頭看她。江聿諾發現未央回來了，本來想對她笑，卻觸見她不對勁的表情。她迴避他的目光，逕自換上親切笑容，帶著兩瓶可樂入座。氣氛又恢復了，好像什麼事都沒發生。

可是，他知道她的笑容並不真心。

晚上送她回宿舍時，江聿諾順便繞去附近的小公園，想走走路，消化一下剛才吃下肚的火鍋。他走在前方，側身朝未央伸出溫暖掌心。

「過來吧？」

「我又不是寵物。」雖然是這麼說，但她還是牽了他的手。

「不是嗎？我覺得妳很像貓啊。」

「就說了不是！」

他笑著摸摸她的頭髮，掌心又握得更緊。他們走在夜色中，安靜臉龐像是要融進夜裡的冰涼。雖然沒出聲，卻能感覺到彼此似乎有話要說。她想，或許他們的默契增進了不少呢。但，再怎麼互相了解，還是有一些無法輕易跨越的東西吧？

比如，比如說……

「你對交換學生有什麼看法？」她忽然說。

意外她會開口，他反問：「我們不是有討論過？」

她沒說話，所以他只好繼續，「老實說，我蠻有興趣的。」

未央停下腳步，詫異地望著他。她沒想過對方會這麼誠實，讓她受了不小打擊。

「……有什麼好？」

「之前說過啦！我覺得與其在台灣念研究所，不如出國留學，感覺能學到更多。不過，我也沒有念研究所或留學的打算，頂多有想過交換學生這件事。」他偏頭挨近她，「妳今天都在想這個嗎？」

她沒有看他，低聲說：「總覺得讓人在意。」

「交換學生要花很多錢，從現實層面來看根本不可能。」

「但是……」有錢的話，你就會去嗎？

未央問不出口，只能憂心地望著他雙眼。八成看懂了未央的顧慮，他輕捏她臉頰，對她心疼一笑。

這一刻，她就像個小女孩。

「妳捨不得我嗎？」

「……」

「別想那麼多了，我又不能去。」他的笑容轉而調皮，「我可以陪我女朋友。」

未央的眼珠子轉開，難為情地皺著眉。

「呵，妳這麼可愛不行喔？」

「你很煩！」

最後，他們用一個吻結束夜晚。當她轉身上樓時，臉龐還帶著微醺的溫度。只是，在那份幸福中，還存有一些不會被忽略的思慮。

她依然不安。

她，不希望他離開。

「哥，你難得回來，怎麼又只顧著跟未央姐講電話？」聿詩搭在椅背上賊笑。

江聿諾正要把電話掛掉，聽見妹妹這麼說，故意又聊了幾句才結束通話。他把手機放在桌上，整個人連椅子轉過身，害得聿詩差點跌倒。

「怎麼？跟我女朋友吃醋？」

「誰要吃醋啊！哥真是自戀鬼。」她起手巴他一下，「不過，你都叫她『女朋友』了，怎麼不帶回家給爸媽看看？」

「上次爸不是看過了嗎？要帶回來也可以，我改天問問她。」

聿詩歪著頭笑，看起來很期待。不過，沒想到他的爸媽也很期待。

晚餐時間，爸媽主動問了他未央的事。他放下筷子，感覺有點驚訝。

「唔，你們想請她來家裡坐嗎？」

「對啊！上次沒有看得很清楚，只知道蠻漂亮的。」爸爸笑得很沉穩，卻露出感興趣的樣子，「老婆，妳應該也想看吧？」

「是聿諾的女朋友，我當然想看。但，又是漂亮女生，會不會跑掉啊？」想起前幾次的經驗，媽媽忍不住說。

被這麼一說，江聿諾也無言了。的確，他前幾任女朋友都很漂亮，但都很快就分手了。不過，夏未央跟她們不一樣。她說過對人親切的自己是溫柔的，更何況，自從開始追她之後，他便在不知不覺中少了對其他人的關注。

或許，就是她讓自己改變的？

「媽，我又不是因為漂亮才追的，分手也跟是不是漂亮女生無關啊！」他無奈地笑，「但妳放心吧，我會對她更認真的。」

「哥，你以前都不認真？」

他白妹妹一眼，「妳別給我亂說話。」

「不行，我得先看看，你才能決定要不要認真。」他天兵的媽居然這麼說。

算了吧！他懶得說，反正夏未央最擅長的就是用她那無懈可擊的氣質，駕馭任何人。

「哪時候要帶回來？」

他想了想，忽然憶起她這陣子的不對勁。果然那件事還是對她有所影響吧？那麼，短期內別找她來好了。

「爸、媽，未央她最近要煩惱的事比較多，過陣子我再問她。」

「嗯？煩惱什麼？」

「她可能……怕我會去當交換學生？」

原本是順便提起，但他在下一秒觸見爸媽遲疑的神色。江聿諾自己也愣了一下，連忙笑著揮手。

「怎麼你們也這樣？我又沒有要去。」

「我們不是怕你去啊。」

「啊？」

「小時候，你們兄妹不是在美國住過一陣子？從那時候開始，我就知道你很享受在外國的生活。你很會念書，我們也想過要讓你出國留學，但你知道後來的經濟並不是那麼方便……」

怕爸媽開始自責，江聿諾急於打斷：「我知道啊！但，我本來就沒有留學的打算。」

「不過，我們知道你一直都很想去喔。」爸對他微笑。

「爸……」

「你的房間不是擺了很多在美國的照片？而且，還收藏很多本參考書？好像是關於空服員、外交官之類的書？」

沒想到會被發現。他沉默，一會兒才恢復笑容，「只是覺得很酷，所以買回來看。」

「別裝了，你小時候常常說要當空哥，我們都糾正你那是『空少』。」說起往事，媽笑了起來，

「聿諾，我跟你爸雖然還不能供應你去留學，但這幾年也存了一些錢要給你。」

「什麼意思？」

彷彿，他其實能聽懂爸媽的意思。但，他還顧慮著那個女孩。

「去徵選看看吧？交換學生。選美國的學校，姑姑在那裡我們也比較放心。」

「可是，我又還沒決定要當空服員什麼的……」

「我們沒叫你當啊！但，出國學語言總是不錯吧？反正也只是一學期，等你回來比較好思考出路。」爸爸按住他的肩，那重量使他信任，卻也帶來不安。「你不願意嗎？還是，你比較想跟女朋友黏在一起？」

他的確是想待在她的身邊，但是，如果那個人不是夏未央的話……

應該說，如果她的心裡沒有那道傷痕的話，他絕對會去。並不是不想陪她，但他們都不是小孩子了，本來就該為自己和彼此的未來設想。

這一去也只是半年，成熟的戀愛並不會因此受影響。夏未央跟他的個性都很獨立，應該沒什麼問題。

但是……

「我再考慮看看。」他微笑。

「哥，你們再來就要期中考了吧？不曉得交換學生報名到哪時候？」

「我會在那之前決定啦。我吃飽了，先進去房間。」輕鬆地說完，江聿諾便將碗筷拿去洗了。

晚上八點，江聿諾躺在床上，直盯著天花板發呆。他不曉得要不要打電話給她，告訴她這件事。不過，還是見面談比較好吧？要是看不到她的表情，他很有可能會誤判她真正的情緒。

真的要告訴她嗎？說了，不就代表自己的確想去？依她內斂的個性，八成也會讓他去吧！但，那是真心的嗎？

他很清楚夏未央介意程頤當年離開她的事。所以，她一定不希望他做出類似的決定。

「這要我怎麼辦啊……」他揉亂頭髮，在床上翻了一圈。

「哥！」聿詩忽然敲門。

她一下子溜了進來，原來是要端水果給他。她把水果放在桌上，一屁股往床邊坐。

「哥，你到底要不要去交換？」

「怎樣？對妳來說又沒差。」他坐起身。

「怎麼沒差！我會想哥哥耶！」她難得撒嬌，一把抱住江聿諾的手臂，「不過，未央姐一定更想你吧？唉，前途和愛情真的很難抉擇喔？」

「笨蛋，才沒那麼簡單。」

要是夏未央沒有遭遇過程頤的事，成熟的她怎麼可能不贊同他去？他都覺得自己比較黏她呢！

「你不懂！女人就是那麼簡單！」聿詩義憤填膺地說：「未央姐一定很希望你能陪她啊！但是，為了你的將來，她又不能不讓你去。你知道女生就是這種貼心又容易寂寞的生物嗎？你還不好好思考到底該怎麼辦！」

「所以妳是叫我不要去？」

「我才沒那麼說。要不要去是看你，但你應該趕快跟未央姐談談才行！不要自己一個人悶著，她知道了也會不高興。雖然我沒交過男朋友，但情侶不就是要交心嗎？你把這件事告訴她，兩個人一起討論的話，爸媽對未央姐的印象也會加分的！」

「瞧妳說得那麼有道理。」他笑著揉她頭。

「我只是覺得，雖然交換學生不算什麼人生大事，但也必須慎重決定。連這件事都不能跟她討論的話，以後你們要怎麼解決更大的問題？」

她說到重點了。的確，他不該把這件事瞞著。

但是，他笑著皺眉，「她一定會露出失落的表情吧……」

他希望她是幸福的，而且是由自己帶給她幸福。但，他怎麼覺得離她傷心的日子不遠了呢？

「可是哥還是會給她滿滿的愛啊。」她淘氣地說。

滿滿的愛嗎？

他還真希望她能感受到自己有多麼喜歡她。就算分隔兩地，也永遠都不會變。

「聽說校慶那天有很多攤販，到時候要不要去逛逛？」

「都可以，我那禮拜沒有要回家。」

最近天氣變冷了，他們趁下午的時候看完一場電影，出了影院就不算太晚。未央和他走在著名商圈中，邊逛邊吃點東西。可以的話，她晚上不想再買食物了。上次量體重時，自己似乎被江聿諾養胖了不少。

她沒想過居然有為體重煩惱的一天。

見她像是在想事情，他探頭問：「怎麼了？看妳東西都吃不多。」

「只是覺得應該節制一點。」她不想說太多。

「嗯？妳又沒胖。」

「有。」明明體重增加了。

「仔細一看，好像有一點？」

「你……」

看她生氣，他又忍不住大笑。但他也沒忘記要安撫這隻貓，親暱地摸了她頭頂幾下，心情愉悅的同時，也感受到淡淡憂慮。

他打算今天告訴她交換學生的事。不過，一直找不到時機說。

「妳覺得……」

「什麼？」她看他，嘴角難得自然微笑。

「今、今天的電影怎麼樣？」

唉，他其實不是要問這個。看她這個樣子，哪說得出口？

「我覺得不錯，不過，很難相信人可以變得那麼小。」

「所以說是電影啊！」他認為她也太正經，「現實中哪有那種裝置？」

「如果有的話應該很噁心。我光是想像自己會變得比那些蟲子小，甚至還跟牠們對話，就覺得可怕。」她哆嗦，又重複一次：「唔，好噁心。」

她真的太正經了。而且，看起來非常可愛。

「也有好處吧？我可以每天把妳裝在口袋。」

「誰要待在你的口袋。」

「不好嗎？很溫暖喔！」他笑著拾起她的手，輕輕呼一口暖氣。

未央臉一紅，把手抽了回來，「喂！不要亂吹氣！」

「我看妳臉紅紅的好像很冷啊。」

「都你在講。」

貌似是害羞了，未央拉開距離，僵硬地走在前面。但他也不追上，只是笑著注視她背影。她的身子在人群中顯得特別纖弱，彷彿一眨眼就會失去她。但是，她刻意放慢的速度他也看在眼裡。果然是個彆扭卻心軟的女孩啊，他泛起溫柔微笑。

不論走了多遠，她都會留給他追上的時間。

但，如果是他走遠了呢？已經等了這麼多年的她，會再為他等一次嗎？

他不能確定。所以，再怎麼為難也要向她問清楚才行。

「未……」

「裝在口袋也可以啦！」她忽然說：「這樣的話，去哪裡都不用分開了。」

他止住聲音，怔了。

她在冰涼的空氣中回過頭，微醺臉龐照耀著他。那雙眼，讓他捨不得轉移視線。

去哪裡都不用分開了。

她不想分開啊……

「啊，你剛才要說什麼？」她發現自己打斷他的話，困窘探問。

而他發現的是，他捨不得破壞她那句溫柔的冀望。

「……沒事，想叫妳名字而已。」他將憂慮浸入心底，滿溢的卻是難以抑制的愛意。他大步走近，從背後深深抱住她。

「唔，幹嘛突然這樣？」她僵住。

街上人來人往，但他不顧。

他什麼都不說，包括那個令他猶疑的祕密。

晚上，他送她回宿舍時，順道問起下個假日有沒有空。期中考又要到了，他們可以一起讀書。上次的成效不錯，兩個人都很認真，自然也考得不差。

「那天京雅生日耶！我們要幫她慶生。」

「嗯，那……」

「平日晚上呢？還有，你可以找張宇晟一起來嗎？」

「找他？」他有點意外。

「因為我想約京雅。」說完，她輕聲笑笑，「他們的感覺不錯，一起讀書沒問題吧？」

「妳竟然開始撮合別人了？呵，是可以啦！但張宇晟那傢伙很吵喔？」

「沒關係，京雅會治他。」

他們覺得有趣，默契地笑了出來。江聿諾望著她的笑臉，輕柔地摸了一下她的右頰。她斂住笑，困惑地回視他。

果然，還是別說吧？

「晚了，妳先上去休息吧。」

她望著那意外乾脆的背影，靜靜等他發動機車。當他準備戴上安全帽時，未央朝他靠近，一下子抓住那隻要扣住扣環的手。

「你不上來了？」

「嗯，今天比較累。」他輕笑。

「江聿諾……」

他感覺到女孩握緊了掌心，清美的臉挨近。

「你是不是有什麼話要說？」

江聿諾近距離地看著她瞳孔，在那美麗櫥窗中發現了憂慮。她和他一樣，都在擔心著彼此。可是，他竟然決定隱瞞？

他難受地瞇起眼，把安全帽脫下後抱她進懷中。

「……我可以去交換學生嗎？」

她怔住，眼底閃過記憶。

那天升空的時候，氣球破了。

思　念
未歸。

Chapter 10　時間

很久了，時間已經過很久了。
無論怎麼等，都等不到他的消息。所以，該忘記了吧。
「不用忘記他。總有一大，我會讓妳只能想著我。」
她愣著回頭，眼中是另一個男孩的溫柔。
夏天又要結束了。但，一切都會回來的。
乘著思念，乘著最想念的輪廓。

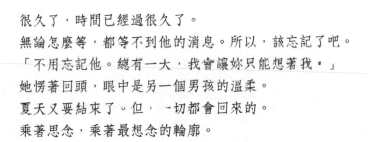

「可以去了？」良久，她吐出這句話。

「嗯，我爸媽給我一筆錢。」

「那就去啊。」

他愣了一下，直視她平淡的面容。

「徵選過的話，要去美國半年喔？」

「半年而已，不是嗎？」

她的反問讓他訝異，「嗯，不算太久，不過……我以為妳會反對。」

「你想去嗎？」她只問他一句話。

江聿諾斂下眸，開始說起沒向她提過的事，「妳知道我的夢想是什麼嗎？我喜歡旅遊，嚮往在世界各地奔走的感覺，所以，從小就想當空服員、外交官之類的職業。不過，後來的家境關係，我選了比較大眾化的商業科系，和這些完全扯不上邊。」

「你以後想當空少或外交官？」

他搖頭，「其實我對小時候的夢想已經沒那麼執著了，不過，我還是很想去國外生活看看。我不希望太久，所以才想選擇交換學生，只待半年。」

「所以……」

「所以，我的確想去。」他正視她登時緊繃的面容，「妳真的不反對？」

她沒說話。

「夏未央？」

「夏……」

「既然覺得我會反對，那你為什麼要問我？」

她推開他，目光變得冰冷，就像那天一樣。他愣著看她眼中帶刺的豔花，任由她用言語凌遲他們的感情。

「你了解我，卻還奢望我會支持你？剛才那些虛偽的同意，就是你要的嗎？」

「……」

「你真的覺得出國有幫助嗎？我不認為你會學到什麼。」

不對……

「為什麼不會？」

「你只是想去國外生活，又不是學習。依你的英文程度，不去也無所謂。更何況，如果真要當空服員，畢業後直接去考就好了，為什麼要出國？」

不對，那不是她想說的……

他沉默，好一會兒才出聲：

「怎麼會無所謂？在國外生活一定會加強英文能力，也可以學到不同國家的生活方式。而且，我並沒有說只想『生活』。選了美國的學校，就代表我必須修那邊的課。」

「別浪費時間了。」她又說：「你辦不到！」

見江聿諾的臉色愈來愈沉，她抿緊唇，往後退了一步。他們在寂靜中對視，彼此都聽不見任何聲音。

衝動的言語並不是無情，而是太過情深。

她多希望嘴裡迸出的是另一句話，卻被不安害得失去了溫柔。

「如果……」在他沉默的注視中，她顫抖著說：「當初不要喜歡上你，就不會為了分開難過，不會讓誰有機會再傷害我一次。」

害怕他會說出她不想聽的話，所以她就像跳針一樣停不下來。

她不想聽他說要離開，她不想聽他說，後悔喜歡自己。

「我不喜歡你了……」

「……別再說了。」他下車走近她。

但她轉身，用顫抖的背影拒絕他。見他還想過來，她不斷搖頭。

「我要上去了。」

「等一下。」他的聲音很沉，但腳步聲停了。

她背對著他，看不見他的表情。但她，彷彿能想像他傷心的臉孔。

「夏未央，我跟妳說。」

江聿諾緊蹙著眉，像是有什麼力量使他整個人都在疼痛。

「因為程頤的事，我能體會妳說這些話的心情，但，說真的……」

「妳讓我很受傷。」

她像是被奪走了心。很痛，無法呼吸。

她胡亂地掏出鑰匙，卻失手掉到地上。當她撿起來時，江聿諾從後方握住她對不準門鎖的手，並將她牢牢鎖進懷裡。

「江聿諾，我不成熟，但這就是我。怎麼樣，很黑暗吧？」

很黑暗吧？

她只是希望他能留下來。可是，她卻只能說出「不喜歡你了」這種愚蠢至極的話。

「你喜歡的女孩，就是這種人。」
「我不是那種會笑著祝福你的女生喔？」
「我不想跟妳討論這個。」
他低迴的嗓音印入她心底，聽久了，就彷彿會被催眠。
「陪我一下吧？雖然是妳弄傷我的，但我也只需要妳的陪伴。有妳，我才能痊癒。」
「江……」
她，只是希望他能留下來而已。
可是，這一刻她只擁有哭泣的能力。

他們吵架了。雖然，那一夜他抱著她入睡。
她從夜裡醒來的時候，發覺自己的臉貼著他右頰。想起在不知不覺中同時睡著的兩人，她輕輕笑了。
不過，就別叫醒他了吧。明天之後，又要用理性面對那些事。這一刻的他們不需要理性。
她離開那張床，洗完澡才又躺回去。當她準備把棉被蓋好時，江聿諾一個翻身就將她抱在懷裡。
「妳好香。」
「唔，我剛才洗澡啊……」
「幾點了？」他揉揉眼睛，睡意卻沒離開。
「十二點。」
「那我也可以去洗個澡嗎？」
「你怎麼不說你該回去了？」

「我都睡這麼久了，不要趕我回去嘛。」他居然開始撒嬌，「而且妳剛才也沒打算叫我，不是嗎？」

「要洗快去洗，等一下如果吵醒我，我絕對會把你踹下去。」

「別用那麼溫柔的聲音說啊。」

她把自己埋進被子，「晚安。」

他溫柔揚笑。她的確傷了自己，但，那可愛的模樣令他痊癒。

期中考後，緊接著校慶來臨。江聿諾代表系上參加了一百公尺短跑，那陣子都在練習，很少跟未央有約。

其實，她倒覺得鬆了一口氣。那天爭執之後，雙方都沒有再提起交換學生的事，但未央知道江聿諾還在等待。

既然知道她此刻無法接受，他便只能等她改變心意了。

她把這件事告訴了兩個好友，反應卻大不相同。

「江聿諾那傢伙追到妳之後，居然打算把妳丟在台灣？」京雅完全站在她這邊，「未央！不要跟他在一起了啦！男人都這樣，把到手就不要了。」

「妳太誇張啦。」她降下黑線。

「我倒覺得可以讓他去耶？」宛琪嘴裡咬著阿誠買給她的巧克力。

「為什麼？」

「不覺得攜手度過考驗的愛情很美嗎？等他回來之後，妳就可以見證他到底有多愛妳了！」

「……」她還以為宛琪會講出什麼大道理，誰知道只是少女心作祟。

不過，這也沒辦法。她們畢竟不知道程頤的事，不會明白她的顧慮。

「問妳們喔！如果他執意要去的話，該怎麼辦呢？」

關於這一點，兩人倒是說了一致的想法：「看妳要不要等他回來吧。」

「不等的意思是？」

京雅和宛琪互看一眼，「……就是不要在一起了啊。」

她愣住。為了這點事分手未免太幼稚，但她又無法正視心頭的黑暗。才半年，並不是一去不回。可是，當初程頤也是這麼說的。他告訴她，他一定會回來找她。最後，卻只等到一通程媽媽的電話。

怎麼辦？她不想失去他。

怎麼辦？明明知道不會失去，卻還是忍不住這麼想。

「未央，笑一個吧？妳最近都皺著眉頭喔！」京雅提醒她。

是啊！她想笑著面對他，卻難以面對他主動說要離開的事實。

校慶那天，沒想到夏承宴也來了。他說很久沒逛園遊會，想排個假來這裡放鬆一下。路上，有很多女生都在看他。當他跟未央會合時，兩人身上的「收視率」更是達到最高點。

「哇，看起來好登對……」系上學妹不禁脫口而出。

學妹的朋友連忙叫她別亂說，明知道夏未央已經有男朋友了。

未央聽了，半無奈地解釋：「這是我哥喔。」

「喂，我才是正牌男友喔。」江聿諾闖進視線向學妹澄清。夏承宴瞥他一眼，偷偷給他一個拐子。

江聿諾沒想到她哥會使用暴力，很傻眼。

「正牌男友不是在忙嗎？要跑接力了吧。」夏承宴一臉漠視。

「是一百公尺。還好，等一下才要熱身。」

「你沒有參加接力？」未央覺得很意外。

「參加的話一整天都得耗在學校，我才不要。」

「但是，今天我妹要陪我耗一整天，你還是去跑接力吧？」夏承宴趾高氣昂地說。

但江聿諾也不是省油的燈，「沒關係，晚上我們會在房間約會。」

「啊？你要去她房間？夏未央！妳怎麼可以讓他去妳房間？」

「兩個都閉嘴啦！」她快瘋了。

江聿諾去準備短跑的時候，她跟夏承宴在攤販間閒逛，買了不少東西。其實未央不想吃那麼多，但她哥總是搶著付錢，把愛吃的全部買了下來。她無奈地咬著花枝丸，心想自己一定又要胖了。

「幹嘛悶悶不樂的？」他注意到她的表情，以為又惹她生氣。

「我覺得最近吃太多了。」

他退開打量她，「嗯，好像有一點？」

「……」不要跟江聿諾一樣好不好！

「不過，這也代表他對妳蠻好的。」

「你剛才不是很嫌棄他嗎？」

「身為哥哥，當然要有一點威嚴。」他很嚴肅地說，「這樣他才不會惹妳哭。」

其實，她上次已經哭得很慘了啦。未央心虛地別過頭，卻沒能躲得住夏承宴的直覺。

他眉頭一皺，「難道他欺負妳？」

「沒有啦！只是最近為了一件事煩惱。」她把交換學生的事告訴對方。

「不讓他去嗎？」

「我不是跟你說過那件事了。」她皺眉。

他恍然大悟，「嗯，妳是說程頤？但想也知道情況不一樣，而且你們可以每天視訊啊！」

這些她都知道。只是，為什麼她無法壓制心中的黑暗？

「這件事是妳理虧，妳自己也很清楚。不過，會被那段回憶影響，就代表妳還走不出來吧？江聿諾能接受這樣的妳嗎？」

似乎被戳中了痛處，她緊握著手，「我問過他了。我不可能完全沒有陰影，以後也會是這樣。」

「那也沒什麼關係吧！但妳要相信他啊。相信他很喜歡妳，不管怎樣都會回到妳身邊。妳說，這樣想是不是比較好受？」

她愣一下抬頭，直視他難得溫潤的雙眸。不過，那在下一秒就消失了。

「唔，這樣幫他說話感覺很噁心。總之，妳好好想想吧！我可不希望你們吵這種無聊的架。」

「哥……」

「妳好久沒抱抱我了耶！像上次一樣在我懷裡哭怎麼樣？」

她的感動一滴不剩，「……你為什麼跟他那麼像？」

不過，她還是勉強窩進了哥哥的懷裡。時間不長，卻讓她的眼眶微微濕潤。

離別前的傷感，大概就是像這樣吧？

江聿諾本來會第一名的，但他在跑道上跌倒了。所有人都很意外，一下子就圍了過去，卻被身為醫護人員的學妹趕走。只剩她扶著江聿諾，緩慢地前往保健室。一面走，江聿諾一面回頭，似乎在尋找什麼人。

「學長，你一直回頭會跌倒喔。」

「抱歉，我在找——」

「我來吧。」未央淡淡地說。她忽然出現在學妹身旁，示意她讓出位置。

「咦？可、可是……」

「學妹，妳這樣扶太辛苦了，讓她來吧？我女朋友比較高一點。」江聿諾對學妹露出官方微笑，「謝謝妳。」

被這麼一說，學妹也無法反駁，只好自行退場。未央沒說話，靜靜接下扶他去保健室的工作。

「未央，妳的表情很可怕喔？」

「……」

「妳是不是吃醋了？」

「別鬧了。」她沒打算理他。

「妳還是這麼無情。」

「你才無賴。」未央扶著他走上階梯，才問：「你怎麼跌倒了？扭到？還是不小心？」

「啊，其實……我剛才本來打算在上場前去向妳討個勝利之吻，不過，看見妳倒在妳哥的懷裡哭，就分心了。」

「我才沒有哭。」她紅著臉瞪他，「既然看到了，你幹嘛不出聲？」

「雖然妳沒有哭，但表情看起來很傷心。我不想打擾你們，就回來跑步了。怎麼了？在難過什麼？」

未央一時沒給回答，江聿諾卻忽然懂了。

她扶他進了保健室，但一個人影都沒見到，江聿諾說這時候的醫護人員都在操場那邊幫忙，沒有人是正常的。不過，這只是輕微的擦傷而已，未央本來就決定自己幫他處理。

她替他消毒，又幫他上了藥。江聿諾凝視她認真的側臉，忽覺幾分憐愛。

「妳記得我幫妳包紮的事嗎？」

當然記得。那時候他們認識不久，卻被他整個人抱來保健室。想起來還真是丟臉呢。

「感覺是很久以前的事，卻好像昨天才發生。」他悠遠地說。

「……你為什麼要說這麼文青的台詞？」

「被妳發現了！電視不都這麼說嗎？哈！」他邊說邊笑，「我只是覺得很奇妙。那時候妳那麼討厭我，現在卻跟我在一起，不覺得很有趣嗎？」

「我……」她將髮絲勾到耳後，露出半邊緋紅，「我那時候又沒有很討厭你。你別老是自己決定我討不討厭、喜不喜歡你好不好？我什麼都沒說耶。」

「所以，那時候妳對我是怎麼想的？」

「就一個我行我素的傢伙吧。」

「好像也不是很好耶？」

她幫他貼好紗布，抬眼一瞪，「隨便啦！怎麼想不都一樣。反正，現在是……」

「現在是怎麼樣？」他收回處理好的腳，挨近她身旁。「現在，妳對我怎麼想？」

她忽然想起那天的事。

在宛琪向他告白之後，她的確不是很喜歡這個人。不過，她也深深記得她在他眼中發掘的溫度。那麼炙熱、耀眼，就像是夏天的形狀。那不會假，那不會從她心底消失。

甚至，能夠占滿她所有思緒。

「你記得那天你對我說過什麼嗎？」她輕柔反問。

「唔，有點忘了。我對妳說了什麼？」

「你說，一定會有一個人出現在我的生命中。一個會讓我滿腦子都是他的，那種男生。」

他愣著窺望她目中的難捨，或許，也是他第一次看見這麼溫柔的悲傷。

「那個人出現了，不就是你嗎？你讓我滿腦子都是你，可是，卻要在這種情況下離開我？我知道這種離開並不是永久的，但你要再讓我經歷一次離別的感覺嗎？」

「我其實很清楚自己無法干涉你的未來，但還是反覆在思考這個問題。可是不管怎麼想，我的答案都只有一個。」

她在那一刻抓住他臂膀，「我不希望你去。」

他反握住她柔軟掌心，低聲說：「怎麼會無法干涉？我想去，但還是問了妳意見啊。如果妳不希望，我可能真的不會去喔。」

「但是，我認為決定權在你。你早就知道我會反對了吧？你只是希望我給你支持，不是嗎？所以別再等我改變心意了。」她閉上眼，忽然覺得此刻的寬容也讓心底輕鬆，「看你吧！要不要去，由你自己決定。」

她不希望他離開。

但是，她認為他不該受自己影響。

「你懂了嗎？」她注視那張變得凝重的臉，「我，希望你自己做決定。」

這個學期的課不多，假放著放著，期末考也來得特別快。未央、京雅、江聿諾和張宇晟似乎也成了固定讀書團，總在週末前往圖書館報到。大三的課業不算重，不過，四人倒也扎實地約了兩個禮拜，打算把平常蹺掉的課都補回來。

尤其是張宇晟。

「奇怪，為什麼你們都會算？我光是題目就看不懂了啊！統計出什麼原文嘛！」他抱頭大叫。

「白癡！給我安靜點，這裡是圖書館。」京雅瞪他一眼。

「你英文這麼差，還想去奧地利？」江聿諾涼涼地說。

他哼氣，「又沒關係，我是去學德文。」

「你以為到那邊別人會跟你說德文？」

「……」他閉了嘴。張宇晟往對面的未央看了一眼，覺得這個唯一不會嗆他的女神人真好。

「怎麼了嗎？」未央注意到他。

「沒事、沒事，只是覺得妳連看書都讓人賞心悅日啊。」

江聿諾本來想罵他變態，但未央淡淡地說：「你還是先專心看題目吧，聽說統計老師要當成績最差的前五名，你不是也在裡面嗎？」

「嗚，明明不同班，為什麼妳知道……」

江聿諾跟京雅開始瘋狂嘲笑他，笑得連隔壁桌都看了他們好幾眼。

「宛琪簡直就像人妻了，最近約她都約不出來。」京雅忽然有感而發。

張宇晟想了一下，「可能她是那種把男友當成全世界的人？」

「是啊！我不懂為什麼要這樣。女人就是要獨立一點，像未央這樣。」京雅笑咪咪地說：「我就一點都沒有被江聿諾搶走未央的感覺。」

江聿諾還真不知道該說什麼，「我本來也只約她讀書而已，是她怕你們考太慘，才又把你們找出來。」

「所以說未央真是貼心！不過，考很慘的只有張宇晟，不是我。」她又找到機會嫌棄他。

「嘴巴上那麼講，剛才倒是教了他不少題。周京雅，看來妳的統計還不錯喔？」江聿諾饒富興味地望著那兩人。

「他、他纏著要我教，我只好勉為其難啦。」

「咦？原來妳那麼勉強嗎！」張宇晟受了打擊。

「吼！我又沒有那個意思！」

見他們打鬧，一直沒說話的未央也笑了出來。她跟江聿諾相視一笑，默默看那兩個傢伙培養感情。

吃完午餐，張宇晟忽然看著手機咆哮。

「可惡！我竟然沒有上！」

「什麼東西沒上？」

「交換學生啊！每個國家只有兩個名額，都沒有我……」他把螢幕轉給其他人看，「唉，早知道從一年級開始修德文了。」

未央還沒有看清楚名單，張宇晟就把手機收回去了。那上面會有江聿諾的名字嗎？看張宇晟的樣子，好像沒有發現什麼。

她望向江聿諾，對方對她聳聳肩。看他拿出手機，她猜他應該有去徵選。她已經沒有過問這件事了，對方很有可能會等選上才告訴她。過一會兒，江聿諾主動找她去學校超商買東西。

其實她能猜到結果。

「記得我以前在這裡勸妳去美國。」他站在廣場中間說。

現在是下午一點，並沒有像那天一樣美麗的夕色。不過，冬日的暖陽照耀了他的臉龐，似乎能將周遭冰涼的空氣融化。

她在那樣恍惚的思緒中想著，再過幾天就要跨年了，再來是期末考，再來……他也要離開了。

「現在換我自己去了。」

她遠遠看，江聿諾已經走到她身邊。「我啊，上了加州大學喔？」

「好像應該恭喜你才對，不過……」

「妳又不用勉強自己。」

「那我就不祝福你了。」

「唉。」他捧起她一綹髮絲，「我想很認真地告訴妳，其實，我也很捨不得。而且，我總覺得自己就像不顧女朋友感受的壞男人。」

「雖然我不喜歡你做了這個決定，但我沒有覺得你不顧我感受。應該說，你也煩惱了很久吧？我不會連這一點都沒發現。」

他挑起一邊眉，「怎麼說？感覺妳真的很誠實。」

她斂下眸，「不傷人嗎？」

江聿諾沒說話，單手掀開她細柔秀髮，輕輕吻了她。他的睫毛輕觸她臉龐，撩得她肌膚發癢，使她在那靜止時光中微眯著眼，近距離凝視他。

當她看清他整張臉的輪廓，她才真正誠實：「對不起。」
「為什麼道歉？」
「我為那天的事道歉。對不起，說了那些傷人的話。雖然那不是真心的，但你聽了一定很難過。」
她抓住他的衣領，力道卻很溫柔，「所以，你不要放在心上了啦。」
「我不原諒妳。」
「啊？」
他用力捧住她臉，笑盈盈地說：「乖乖等我回來，我才原諒妳。」
「……你真的很幼稚耶。」
「我很認真！妳絕對要乖乖等我回來，知道嗎？我不在，一定會有人趁機接近妳，妳千萬要記得逃跑。」
「是要逃去哪裡？」
「邊逃邊用手機打給我，我直接用視訊罵跑他。」
「可是，你不在身邊的話，感覺就沒有那麼踏實了。」
聽著她略顯寂寞的言語，他心疼一笑。
「嗯，真希望妳別忘記我長怎樣。不過妳也沒那個機會，因為我每天都會打視訊通話給妳，要記得接喔。還有，我有一個小小的請求。」
「什麼請求？」
他輕靠她額頭，眼中盈滿笑意，「等我回來的時候，我們就同居吧？」
「……」

這算什麼「小小」的請求啊？

「沒想到最後是江聿諾要去交換。」

寒假前，他們在KTV辦了近期最後一次聚會。宛琪用薯條指著江聿諾點歌的背影，忽然這麼說。

張宇晟一聽，馬上忿忿不平：「明明是我先說要去的。」

「是你自己選不上，別在那邊抱怨。」京雅嗆他。

「不過，未央妳接受了嗎？會不會很捨不得？」

她想著他的笑容，回答得毫不遲疑。

「當然會，但也沒辦法。」

「沒關係！我們都會陪妳的！」京雅抱住她，「等他回來，就準備失寵吧他。」

「……喂，其實我還在現場喔？」江聿諾無奈地回頭。

「妳也不用太擔心啦！大家都很看好喔。」

「什麼意思？」

宛琪笑著解釋，「你們都那麼成熟，這點距離根本不影響感情啊！如果是我，早就哭倒長城了。」

看來，在別人眼裡他們是一對成熟的情侶呢。但他的孩子氣，她的情緒化，卻只有彼此才知道。

時間真的過得很快。每一次的離別她都來不及準備，每一次的傷感，也總是在離別後才顯得特別深重。

那個寒假，江聿諾搭上了往美國的班機，再一次離開台灣。

他要她別來送機。他說，他怕自己會忍不住把她綁架到美國。她接受了，失眠的那一夜，她也不想在隔天早起。

那陣子，江聿諾實現他的承諾，幾乎天天撥視訊通話給她。透過視訊，她認識了他所有室友，還了解不少他在美國的生活。玩樂與學習畢竟是不一樣的，他過著和暑假那時截然不同的生活，很盡興地享受課程。

她知道他本來就喜歡英文。即使他們都還在放假，而江聿諾卻已經開始上預習課程，他也完全不覺得累。

過了一個不是很冷的年，他們正式步入下學期。雖然江聿諾不在身邊，但未央也沒閒著。她和組員忙著準備畢業專題，好一陣子擠不出時間跟江聿諾講話。他也蠻能體諒她，畢竟自己是交換生，這部分的學分已經和國外的課程抵掉，並不用像他們一樣勞碌命。

「感覺等我們真的能喘口氣的時候，江聿諾那傢伙也回來了吧。」

張宇晟趴在桌上，像條狗一樣氣喘吁吁。B班的學藝林致凱拍他肩，語重心長地說：「別睡了，我們今天要完成第六章。」

「吼，我都做那麼多了，報告的時候我的台詞能不能少一點？」

「你以為我們很想讓你上台嗎？要不是那個能言善道的江聿諾跑去當交換學生，我們怎麼可能讓你有講話的機會！」京雅捏住他耳朵，「這邊最聰明的林致凱已經幫我們做好報表的部分了，你這個人又沒什麼腦力，也只能出一張嘴了啊！」

見他還想反駁，京雅一下指向未央，一下又指向宛琪，「我們未央負責當門面開場，宛琪用好聽的聲音融化大家，我用活潑逗趣的台風介紹公司，林致凱幫整組做好了完美的財務分析……所以剩下都是你的了！你這嗓門還算大，上去講個幾句也不為過吧？」

「妳的嗓門明明比我大……」

「張宇晟！你想被我揍嗎！」

其他組員看著他們打鬧，全都差點笑歪。都忙了半學期了，這齣戲還是常常上演，讓他們百看不膩。

不過，也算是苦中作樂吧。

「未央，我的車也停在A區那裡。」林致凱告訴她。其他三人都往另一個停車場去了，只有未央因為稍早先到教室的關係，把車停在另一邊。

「你也是上完課就來討論嗎？」未央問，而對方笑著點頭。

「對了，我一直想問妳跟江聿諾還好嗎？」

「唔，沒什麼變化。怎麼了嗎？」

他搖頭，「沒什麼，只是想起我以前的事。我跟前女友也是遠距離過一陣子，不久就分手了。所以，還蠻羨慕你們的。」

「為什麼會分手？」她好奇。

「她覺得我不能一直陪她講電話吧！但是電話費那麼貴，我跟她的時區不同，也不能常常視訊。那陣子，每天都吵翻了。」

她想起自己跟江聿諾。雖然時區不同，差了快十六小時，但兩人總是能擠出一點點時間聯絡。

她想，可能是他們其中一方不願熬夜吧。不過，因為專題的關係，她跟江聿諾現在沒那麼常視訊了，感情也沒受影響啊！果然是人的問題嗎？

「我前女友沒像妳那麼成熟，她天天都想占走我所有時間。」他嘆氣，「分手了也好，跟她相處挺累的。」

「……其實，我也沒有很成熟。」她忽然有感而發，「江聿諾第一次問我交換學生的事時，我氣得說一堆難聽的話，讓他聽了非常受傷。還好他沒有生氣，不然我真的會很後悔。」

「多難聽的話？」

「我說他去國外是浪費時間，不過最糟的應該是，我說『我不喜歡他了』吧！」

林致凱瞠大眼，「咦？妳也會鬧脾氣？」

「當然！雖然並不是真心話。」她笑了起來，「我覺得一段感情的維持大概跟成熟無關吧！再幼稚的人，如果能在感情裡體諒另一半的話，也未嘗不能走得遠喔。」

見他望著自己，未央又說：「不過，我跟他都還沒滿一年，說這些好像太囂張了？」

「哈，不會啦！」他笑著搖頭，「我跟她那時候會分手，還有另一個原因。兩個人太久沒見面，好像真的會忘記對方的樣子呢。就算在螢幕中的樣子看起來再熟悉，我還是覺得很陌生。妳呢？還記得他長什麼樣子嗎？哈哈！」

她一愣，那張笑臉的輪廓好像變得不是很清楚了。

「我……」好像突然很想他。

那天午夜，未央難得主動打了視訊過去。美國那邊雖然才早上八點，但江聿諾好像已經起床了。

他睡眼惺忪地望著未央，目光好一會兒才對焦。

「唉，就算已經來了美國這麼久，還是很不習慣早起啊。」

「你在台灣都沒有早八的課嗎？」

「我絕對不選早八。」他邊吃麥片邊搖頭，「啊，忘了說。寶貝早安！」

「……別那麼噁心。」

「妳還是那麼無情。哪裡噁心？外國人都把『甜心』掛在嘴邊耶。」
「你又不是外國人，別把那一套給我帶回台灣。」
「嗚嗚，妳對我愈來愈不溫柔了。」他開始裝哭。
未央被他逗得笑起來。這個人還是一樣浮誇，不過，好像有哪裡不對勁。那張臉看起來很遙遠。是啊，他們本來就遠，還隔著一整片太平洋呢。
時間久了，真的會忘記對方的樣子嗎？連待在他身邊的感覺，也會一併忘記嗎？
他牽著她手的那種溫度，她好像已經不是記得很清楚了。
「江聿諾。」
「嗯？」
「你可不可以笑給我看？」
螢幕中的他愣了一下，「好端端的突然笑什麼啊？不過，也是可以啦！」
江聿諾擺了一個很誇張的笑臉。牙齒整排露出來，嘴角都快裂到太陽穴去了。
「……正經一點好不好？真的很醜。」
「天啊！妳竟然已經開始嫌我醜了，我們都還沒過七年之癢耶。」
她忍不住大笑，心想自己好像很久沒笑這麼開心了。
「妳是不是想我了？來美國這麼久，也沒見妳打過幾通電話給我。」
「我只是覺得好像快忘記你長什麼樣子了。」
「真的嗎？妳真的忘記了？」他離開椅子，整張臉貼在鏡頭前，「那妳要好好看清楚喔！不然等我回去的時候認錯人怎麼辦？」

「那你就快點回來啊……」

他聽著她忽然軟弱的言語，眼中浮現她的寂寞倔強。這句話，讓相思的兩個人都沉默了。

時間，真的過得很快。

時間，要是能再快一點就好了。

「快了，我快要回去見妳了。」

在難言的寂寞中，她感受著思念，卻無法說清它給予的重量；明明已經快忘記待在他身邊的感覺了，卻還是非常想念。

她，到底有多想他呢？

Final Chapter

這個時間，應該不會有人敲門的。

她才剛從午覺中轉醒，意識還朦朧。往窗外一看，天是亮的。她本來打算睡到傍晚再搭車回家，看來，離她睡著的時間還沒過多久。

再過幾天，這棟宿舍的租約就會到期。她中午已經把比較大的東西全都寄回家了，現在就只剩人和幾包行李而已。京雅和林芝婷昨天就搬走了，她考試考得比較晚，又多待了一天。

所以說，到底是誰在敲門？是她聽錯了嗎？

門後又發出聲音。

「……京雅嗎？」她不免覺得毛骨悚然。

但，心裡又隱約出現一個聲音。她想，她或許知道是誰。

她離開床，緩慢走到門前。當她的手伸向門把時，她一愣，忽然停下動作。那顆心，被膨脹的思緒壓得隱隱作痛。她無法確切描述那種感覺，竟不能在這一刻好好呼吸。

既飄忽又踏實，矛盾的、欲淚的衝動。

「嗨！睡美人。」

她呆住。當她看清楚那張臉，油然而生的距離感使她後退一步。

她「蹦」一下關上門。

「夏未央，妳這是什麼反應？」門外的傢伙不敢置信。

「不是，我只是……」她背對著門坐下，神色很恍惚。輕摀住嘴，她的聲音很微弱，卻清楚地傳給了門後的人。「我覺得你好陌生喔。」

「妳知道嗎？我想過很多妳會有的反應，驚喜、感動，甚至也有可能生氣……就是沒想到妳居然會給我關上門。」

聽了，她揚起淺笑，眼眶也同時輕泛熱度，「抱歉，雖然常常在視訊看見你的樣子，但我好像沒辦法習慣你就在眼前。」

「……我們又不是網戀第一次見面。」他輕輕敲門，想像著女孩的無措，「好了啦！開門。」

「開門之後，你會先做什麼？」她紋風不動，想像著男孩的笑意，「我要先做好心理準備。」

半年沒見，竟然會問這種怪問題了？他失笑，「我啊，會先把妳的樣子看清楚。」

「然後，非常用力地抱住妳，並且在妳的耳邊說……」

她，到底有多想他呢？

她起身開門，溫柔迎面而來。

江聿諾抱住了她，在她耳邊輕吐溫暖氣息。他的溫度，把整個太平洋縮短成一個擁抱的距離。

「……不是說要先看清楚我的樣子嗎？」

「現在看也不遲。」他凝視她，像是要把這幾個月的份都補齊，「呵，果然是這樣。」

「什麼？」

「看見妳，我才發現自己真的很想妳。」
「……」
「……夏未央，我想妳。」他輕笑。
看見他，她才發現這份思念和他的模樣有多契合。
「難道……」
她輕皺著眉，之前都不想她嗎？
不是喔，他笑著注解：「我一直想著妳，卻不知道自己到底有多想妳。但現在，我可以很清楚地感覺到……」
「我，想妳想到快要變成另一種動物了。」
她愣一下，「啊？變成什麼？」
「變成一隻大野狼。」
「啊！」
他笑著把她整個人抱起來。
「我問周京雅妳哪時候要回家，還特地跟她借了鑰匙，在門外埋伏妳。」
「其實我早上就到台灣了，但我還是先回家看了一下爸媽才過來。」
「妳知道嗎？因為時差的關係，我現在真的快要睡著了。」
「啊，我們找時間去看看房子吧！不是說好要一起住嗎？」
「……妳怎麼都不理我？」
未央轉身窩進他懷裡，悶聲說：「那又不重要。」

「不然什麼才重要？」

「我……」她聲如蚊蚋，「我很想你啦。」

「喂，別跟一隻很累的大野狼說這種話。」他失笑。

見他抱緊了自己，未央抬眸看他，「睡一下吧？我本來就想睡到晚上才回家。」

「不為了我留下來嗎？」

「我還要把床搬出來耶。」

「我幫妳搬。」他笑，「所以，留個幾天再回去吧。」

或許是分開了太久，當他牽著她走進校園時，她感受到一種極不真實的飄忽感。

「回台灣之前，我又去幫妳放了一束鮮花。」他突然說。

未央知道他是在說程頤，「是嗎？你跟他說了什麼？」

「我說，我幫你把約定實現了，所以請保佑我們一切順利。」

「……你真的很厚臉皮。」

「會嗎？我覺得這是個很重要的任務。不僅遵守約定回到妳身邊，還替妳掃去了陰霾，我很偉大耶。」

「是、是，不過，你確定程頤哥哥會聽你的話嗎？」

「他當然不會啊。」

她傻眼，「那你幹嘛說？」

「我是要說給他忌妒的！不用他保佑，我們也會很順利。」他信心滿滿。

「你對他真的很沒禮貌。還好程頤哥哥很溫柔，他才不會跟你計較。」

「別在我面前稱讚他啦。」

他們相視一笑，腳步來到學校中庭。未央遙望著沒什麼人跡的校園，彷彿看見了昔日的青澀身影，在豔陽下閃閃發亮。

又是夏天。

她記得，他跟江聿諾在這裡拍過一場告白戲。那時的她念著虛幻的程頤，還不願面對內心，卻已經被眼前這個人的笑容牽動情緒。

「妳記得嗎？我們拍戲的事。」

「我正好在回想。」她抬眼，「怎麼了？」

「我不管妳心中的人是誰，現在妳只能想著我。」

她抬眼，詫異回視他。

「戲中我好像是這麼對妳說的，對嗎？」

不管她心中曾經有誰，她現在只想著他。

「嗯，你很厲害。」

「厲害？」

除了他，她沒辦法再想著其他人。

「你成功了。」

她滿腦子都是他，無論人在哪裡，她一直都想著他。

「嗯。」溫柔地牽起嘴角，淘氣璃光在他眼中流轉，「還好那個人是我。」

還好那個人是他。他回來了，她的思念也不再徬徨。

「對了，我的臉看起來還是很陌生嗎？」

看他似乎很介意這件事，她「噗」一聲笑出來，難得撒嬌地抓住他臂膀。「雖然差點認不出你是誰，但我還是想起你的樣子了。」

「我該說什麼？恭喜妳喔。」

她笑著搖頭，「沒什麼，還好你夠厚臉皮。」

雖然常常被他捉弄，但他的確闖進了她的冷漠，把她變成一個有溫度的人；即使她很困擾，還是光明正大地追著她跑，不給她任何避開那份心意的餘地。

最奇怪的是，他能接受她忘不了程頤的事實，卻又叫她只能想著他，只能滿腦子都是他。

在她的世界裡，沒人比他還厚臉皮了。

「沒什麼，還好冰山美人夠彆扭。」他揚聲大笑。

也沒人比他更討厭了，嘖！

【全文完】

Extra 01 沒有羽翼的妳

她翻閱相本，那框裡鎖著她和他的天真。

指尖拂過了他相片中的臉，冰冰涼涼，猶如她這些年失去的，他的溫度。

「啊，韋先生？」坐在一旁等待的院長忽然出聲。

未央抬起頭，見那名被稱作韋先生的男人走進房間。男人留了一頭墨黑的髮，目光深邃，散發藝術家的氣息。

「妳好，我聽孩子們說院長在這裡，就過來了。」他點了下頭，黑眸掃向坐在沙發上的未央。

「啊，這是未央，她小時候在這邊待過一陣子。」見對方注意到未央，院長笑臉盈盈地為雙方介紹，「未央，這位是韋司宸先生，常來我們這裡跟孩子玩。」

「你好。」未央露出禮貌微笑。

男人也回以笑容，「妳好。」

「今天怎麼有空過來？啊，花小姐沒有一起來嗎？」

「她……」

「薔薇大哥！等我一下啦！」

忽然，男人的身後傳來一把很甜的嗓音。未央眨了眨眼，蓄著及胸長髮的女孩就這麼闖入她眼中。

女孩的雙眸明亮，看得出來年紀比自己稍大一點，笑容卻青春洋溢。

「她有來，只是走得比較慢。」韋司宸接續方才未說完的話，眼底盡是寵溺。

「明明是你走得太快。」她怨懟地說。下一秒，她也發現了未央，目光頓時一亮，「啊！妳是……」

院長又為她介紹一次，未央才知道這女孩叫做花雪築。很美的名字，跟她的人一樣。

「妳好！未央，妳長得好漂亮喔！」她發自內心地說。

未央呆了一下，還沒來得及回應，韋司宸便溫柔地抓住女孩的手，「不是要來找小露嗎？還顧著看美女。」

「好啦！也只是看一下而已，又不是在看男人。」

「……嗯？」

察覺他的笑容帶著危險氣息，花雪築連忙反握住他的手，匆匆向未央和院長道別之後就衝出了房間。

「呵呵！這兩個人還是一樣甜蜜啊。」

贊同院長的感觸，未央也笑著點了點頭，「看起來感情很好呢。」

「妳呢？」

她呆了一下，臉頰竄過一陣紅。

「妳的反應真是讓人一目瞭然呀！未央，跟阿姨說一下是哪個幸運的小夥子吧？」

什、什麼幸運的小夥子……

未央抓了抓臉頰，皺著眉，還在想怎麼說才好，又有兩個人走進來了。

「喔？你們是……」

未央看了一下去買麥當勞的那兩人，主動向院長介紹：「這是我哥，還有——」

「啊！一個是哥哥，一個是未央的男朋友對吧？」院長高興地走了過去，目光在那兩人之間晃悠。

灰髮男人挑起眉，那眼神有幾分邪魅。

他身旁的黑髮男人走向未央，輕輕拍了拍她的頭。明明是東方人，戴著紅色隱形眼鏡卻不顯突兀。

他莞爾一笑，銳利目光在那瞬間變得溫柔。

「未央……」院長阿姨出了聲。

「嗯？」

「哪個是妳男朋友？」

「……」

院長她不是看過她哥嗎！怎麼會認不出來！

灰髮男人的眼睛一亮，主動站到了未央身邊，「那還用說嗎？我這麼帥，看也知道是我。」

「是沒錯，但你跟未央長得有點像耶？」

「那是夫妻臉。」某人居然這麼說。

「哥，別鬧了。」未央汗顏。

她從沙發上站了起來，跟黑髮男人的距離瞬間拉近。對方將手放在她肩上，不著痕跡地將她攬了過來。

「唉，跟這傢伙待在一起，我總要不斷聲明自己正牌男友的身分，真累。」

「……江聿諾，你別跟我哥認真。」

江聿諾笑了笑，「嗯，我只對妳認真。」

「……」她臉一紅。

「喂！別調戲我妹！」夏承宴不高興了，指著他的鼻子就罵。

「你才別搶我女朋友。」

「你！」

「哈哈！看你們感情這麼好，我也放心了。」

三人望向院長，只見她年邁的嘴角輕輕扯出一道溫柔弧度。

「雖然你們兩個小時候比較辛苦，但現在能這麼幸福的話，那些痛苦就不算什麼了啊。」

未央和夏承宴聽著她祥和的語氣，不覺也陷入了回憶。過去，的確是有過許多傷痕。但，要是沒有這些傷痕，他們似乎也無法成為現在的自己。

現在的她，是個被江聿諾深愛的女孩。

現在的他，是個被夏未央依賴的哥哥。

所以，他們都很滿足了。

「要是承宴能趕緊交個女朋友就更好了。」院長感慨地說。

夏承宴一愣，下意識想到那些纏著自己不放的女同事。唉，怪可怕的，還是他妹比較可愛。

「他不缺女人吧！只是眼光太高了。」江聿諾戲謔地說。

「誰說我眼光高？剛才那個走出去的女生就滿正的啊。」

「喔，花小姐嗎？」

未央反駁他，「她是真的很漂亮。」

「隨便啦！」夏承宴一臉無所謂，「真要交，也要交個比較正常的。我們店裡那些女的都像狼一樣，超可怕。」

「哈，受歡迎也是種困擾喔？」

「那當然。」他的鼻子哼了一聲。

後來，夏承宴去上晚班了，未央想想自己也看完相本了，就跟江聿諾兩人準備回宿舍。

路上，未央坐在後座，不一會兒就聽見前方男人散在風裡的詢問。

「看了妳跟程頤的照片，感覺如何？」

「有種……」

她無法輕易形容，於是過了很久才說：「有種我的確那樣生活過的感覺。」

「嗯？」

「我可以理解曾把他當成全世界的我，不過，也更深刻體悟到那些都回不去了。」

她透在風中的淡淡感觸，讓他即使綠燈了也無法向前。無論是人也好，心也好，他都捨不得讓她失去陪伴。

但她在那一刻縮緊了放在他腰際的手：「……不過，即使我活在回憶裡也沒用，不如帶著回憶向前走吧。」

江聿諾笑了，「嗯，然後好好地看著現在。」

他沒有說「現在」是什麼，但當兩人透過後視鏡相視一笑時，便再也不用多說。

這個寒假，江聿諾約了未央去泡溫泉，也順道把幾個好友找了過來。

距離江聿諾從美國回來，也已經過了半年。未央答應跟他同居，兩個人一起搬到宛琪住的那一棟；

而京雅和張宇晟也不知道怎麼搞的，雖然還不是情人，但彼此之間的曖昧已經傳遍系上，大家都等著看他們在一起。

「總覺得那兩個就像當初的我們一樣。」江聿諾有感而發。

「……我還沒找你算帳，那時候你到底說了什麼？」

未央指的是他在系會公然說喜歡她的事，她後來聽宛琪說過，但不知道細節。

「喔……」他撩起一抹淺笑，「我說，我喜歡夏未央。」

她忍不住臉紅，「就、就這樣？」

「這樣不夠嗎？啊，還有……」他湊近她的臉，「我叫他們別再傳緋聞了，我會親自對妳告白。」

「……」

他的臉皮到底是用什麼做的？說這些話都不害羞嗎！

彷彿猜得到她的心情，江聿諾輕笑：「雖然我曝光了自己的祕密，但也沒有人敢再對妳說些有的沒的，這樣不是很好嗎？」

「哪裡好，我覺得我成了馬戲團猴子。」

「哪有這麼美的猴子。」

「那就是動物園的猩猩，被圍著看。」

「妳比較像星星，天上的那種。」

「……」好了喔，老油條。

總之，他們也把京雅和張宇晟找來了，但兩人還沒在一起，不可能安排一間房，幸好宛琪說她可以跟京雅住一間，張宇晟則跟她的男友阿誠住。

未央本來也想跟上，但江聿諾阻止了她。

「這可是培養感情的好機會，我怎麼可能讓妳去跟女孩子睡。」江聿諾在她耳邊說。

「……」好了喔，變態的老油條。

眾人在溫泉旅館附近晃了一整個早上，一到三點便先把房間安頓好，時間差不多之後，就結群烤肉去。

未央不禁想起她跟江聿諾也曾經在美國烤過肉，那時候他們才剛在一起呢。啊，她似乎還被他親戚灌醉，被江聿諾說撲倒他還不認帳，不過她覺得那是唬爛。

她忍不住露出微笑。

「在笑什麼？」江聿諾夾了一塊肉過來，塞進她嘴裡。

「唔……」她邊嚼邊不清晰地說：「消尼。」

「啊？」

她把肉吞下，勾起笑容，「笑你在美國那時候，唬爛說我撲倒你。」

「那不是唬爛，是真的。」

「騙人。」

他挑眉，真有那麼一回事似地說：「我送妳回房間，要走的時候，妳拉住我叫我陪妳……妳真忘了？」

未央汗顏。她真的有那樣嗎？

「算了，看來妳是那種酒醉做的事情都不記得的類型。」於是他抓抓下巴，一副打定什麼主意的樣子，「……今晚我們開酒來喝吧。」

才不要。

「未央！快來夾，這塊牛小排很不錯喔！」京雅在前面對她喊。

她回頭，「好，謝謝！」

「再不來就要被張宇晟那隻豬吃掉了喔！」她又補充。

張宇晟馬上抗議：「喂！我才不是豬。」

「你剛才明明幹走好幾塊。」

「反正也才六個人……」他愈說愈囁嚅。

「別囉嗦啦！啊，來，江聿諾你也來一塊。」她豪邁地把一塊肉丟到江聿諾碗裡，「看在你最近對未央百般呵護的份上。」

「謝啦，但我一直都很愛護她喔。」他大方收下。

「這真的很好吃耶！阿誠，你真會挑食材。」宛琪幸福地說。

阿誠只是溫柔地看了看她，露出比她更滿足的笑容。

感情真好啊，這兩個人。未央發自內心替他們高興。

「咦？沒肉了啊，你們也搶真快。」負責烤肉的京雅這才發現自己沒半塊肉。

「京雅妳沒吃嗎？我以為妳先吃了，所以才拿走最後一塊。」宛琪一臉無辜。

「喔，沒關係啦！下次買多一點就好。」京雅也不在意。

「喂，周京雅。」

聽見張宇晟叫她，她蹙眉回頭：「幹什——唔！」

嘴裡傳來甘甜的肉香，她這才發現自己被張宇晟塞了一塊肉。張宇晟沒什麼特別表情，一副要她快點吞下去的樣子。

「奇怪，明明是妳在烤，怎麼搞得自己沒吃到什麼東西。」

她莫名結巴：「什、什麼啦？不然你來烤啊！」

「好啊，給我吧。」張宇晟伸手跟她要烤肉夾。

「……」她凝結般地看看他。

「怎麼了？」他一臉天然。

「沒事啦！拿去！」

不顧張宇晟一臉問號，京雅逕自離開烤肉架，到餐桌那邊找可樂喝。

江聿諾花了好大力氣才忍住不笑，在未央耳邊悄悄說：

「喂，女強人那是害羞了嗎？」

「……我也是第一次看到。」未央想保持鎮定，卻也忍不住嘴角上揚。

宛琪忽然湊過來，「不如，我們製造一點機會，讓他們晚上睡同一間房怎麼樣？」

「……妳不想被周京雅打死的話還是打消這念頭比較好。」江聿諾良心建議。他跟她切磋過幾次籃球，那女人力氣真不是普通大。

「順其自然吧。」未央也說。

「好吧！」真是，這一對看得旁邊的人都急死了。

結束後，他們把烤肉用具拿去櫃台還，這才發現隔壁還有一家甜點店。開在溫泉飯店裡，裝潢明顯比整棟樓層都還粉嫩一些。

未央對甜食還好，但宛琪簡直超愛，一下子就拉著未央衝上前。顧店的是一個氣質美女，親切地對她們說慢慢挑。

「這些甜點都好可愛，又不貴！未央，妳也買幾個嘛。」

「嗯！我看看。」

未央朝後排看去，發現有個男生坐在椅子上玩手機，看起來才國高中而已。

親切的美女店員這時喚了喚他，「小恆，你也差不多該回去了，明天不是要跟同學約會嗎？」

聽了，名叫小恆的男生抬頭，銳利的雙眸盡是焦躁：

「誰說是約會？本大爺只是怕甜點壞了，想提早拿回去而已。那隻狗吃了拉肚子怎麼辦？搞得我更麻煩。」

「好了啦！呵，小恆總是這樣口是心非。」美女店員笑了笑，「快把甜點拿回去吧！司機在門口等你。」

「嗯。」男孩坐起身，在經過店門口時看了未央她們一眼，便迅速離開了。

「……未央，那男生好帥喔！」宛琪花癡上他了。

「還不錯，不過個性似乎有點……」未央想不到該怎麼形容他。

「哎，那叫本大爺屬性！總是唯我獨尊，但害羞的時候一定很可愛喔。」

「……宛琪，阿誠不是叫妳奇怪的遊戲別玩太多嗎？」

「那才不奇怪！那叫乙女——」

「喂！妳們挑好了沒啊？我想回房間洗澡泡溫泉了！」京雅顯然對甜食一點興趣都沒有。

看她一臉不耐煩，宛琪只好匆忙拿了幾包就去結帳，未央最後還是沒買，慢慢走向在門口等她的江聿諾。

「我們先回房間吧？浴缸那麼大，放溫泉水要等很久。」

未央點了點頭，卻在下一秒僵住身子。

啊……既然是泡溫泉，那等一下她跟江聿諾不就……

「怎麼了？」江聿諾困惑看她。

「沒、沒事！走吧。」她先一步往電梯走。

在她答應這趟溫泉旅行之前，就已經有考慮過這件事了。只是，真正面臨的時候還是很緊張呢。

反正，江聿諾應該還是會跟以前一樣，頂多對她毛手毛腳而已，不會多做什麼吧？

吧。

她發現臉上的溫度實在降不下來，在江聿諾困惑的目光中又匆忙衝進電梯裡。

在泡溫泉之前，未央還是先洗了個澡，當她穿著浴袍出來時，江聿諾把視線從電視轉到她身上。

「……換你洗了。」她沒看他，默默地走向梳妝台，打算先上一層化妝水。

「嗯。」他輕輕應了聲，意外乾脆地經過她身邊，直接走進浴室。

未央忽然覺得鬆一口氣，才正想從包包裡拿出保養品，便又聽見身後傳來腳步聲。

「你怎麼——唔？」

他從背後緊緊抱住她的身子。

「……江聿諾？」

「未央。」他喚她。

「怎、怎麼了？」她覺得他的聲音異常沙啞。

「我愛妳。」

她愣了一下，心臟像是被緊緊掐住，無法呼吸。
他也沒給她反應的時間，很快就鬆手，轉身回到浴室。
直到未央聽見水聲響起，才慢慢地坐下來，整個人陷在柔軟的床鋪裡，任憑臉上的溫度燒得內心狂亂。
即使已經在一起一年半，她還是常常為他動心。
「……我也愛你。」
她微弱的聲音散在空氣裡，誰也沒聽見，卻任誰都清楚。
江聿諾還在洗澡的時候，未央走到房間外面，打算裝一點水回來喝。
她才剛按下熱水鍵，就聽見不遠處傳來熟悉的聲音。
「咦，妳這麼早就泡完溫泉了？」是張宇晟那略呆的嗓音。
京雅回答他，「對啊，宛琪跟阿誠想一起泡，我就先泡一泡，現在是他們在泡。」
「難怪我哥不在房裡。」
「他沒跟你說嗎？你存在感真低耶。」
「喂！妳幹嘛老是嗆我！」
京雅的鼻子哼了一聲，「沒辦法，除了嗆你之外，我不知道要怎麼跟你相處。」
「……我有那麼難相處嗎？」張宇晟似乎有點沮喪。
京雅沒料到他的反應會是這樣，一時語塞，「我、我又不是那意思！」
「不然呢？」
「你……嘖，你真的很遲鈍耶！」

「遲鈍？為什麼每個人都這麼說我？」看來他還是不理解。

「算了，我不跟你說了，我要回房間。」

「喂，他們不是還在泡溫泉嗎？妳這樣闖進去很尷尬吧！」

京雅這才停住腳步，「喔！差點忘了，那我去旅館外面晃晃好了。」

「我陪妳去吧。」張宇晟跟上她。

「什、什麼？幹嘛要陪？」

「現在也不早了，一個女孩子在外面有點危險吧？」

京雅不服，「張宇晟，你是不是忘記我比你更強壯？」

「我當然知道妳這女強人打起架來絕對比我威猛，但是……」張宇晟抓了抓頭，想了很久才說：「但妳畢竟是女孩子啊，身邊要有人保護才行。」

京雅愣住了，好半天才臉紅說：「誰、誰要你保護啊！」

未央聽見京雅那明顯比平常大了幾分貝的腳步聲響起，接著又看見張宇晟匆忙追上去的背影，忍不住莞爾。

回到房間時，江聿諾已經洗好了，他的頭髮還是濕的，幾綹黑髮柔順地貼在耳際，未央才想起自己似乎很少看到髮型乖順的他，五官分明的臉龐顯得比平時柔和一點。

「我剛才在外面看見京雅和張宇晟。」未央向他提起，邊說話邊走近坐在床上看電視的他，「現在兩個人好像一起出去散步了。」

「喔？」他挑眉，伸手溫柔地招她過去，「那還真不錯，希望張宇晟那遲鈍的傢伙能早點開竅。」

她難得開起玩笑，「你不是他的朋友嗎？開導一下？」

江聿諾抓住她的手，一下子把她抓進懷裡安頓好，微濕的唇輕輕貼在她耳邊：
「這種事情要靠天分。」
未央的臉紅了一片，愣愣看著他，心想他還真的很有天分。
「妳想泡溫泉了嗎？」他又問。
「唔……」她是想，但有點彆扭。
八成看出她在猶豫什麼，江聿諾勾起一邊嘴角，「……又不是沒看過。」
「江聿諾！」她一秒炸毛。
「好啦、好啦，走吧！不快點的話水會冷掉喔。」他把她拉下床，半推半就地把她拐進浴室。
溫泉水已經放好了，未央趁他還在鏡子前看鬍子有沒有刮乾淨時，撲通一聲下了水。
不久，他也跟著下水，從背後抱住了她。
「……不要毛手毛腳。」
「我沒有啊。」
她把他的手扳開，「還說沒有！」
「過了一年半還是很小氣耶，未央。」
但他也不糾纏，往後退了一點，在觸見她背影的時候止住聲音。
他什麼話都沒說，但她已經懂了。
「……應該很難看吧？」未央淡淡地說。
她指的是背上的傷疤。那一年，在她生命中留下心碎記憶的證明。
「才不難看。」他的聲音比平時低斂，銳利的雙目也變得柔軟，「……有點像是天使。」

「咦？」什麼天使？

「曾經有過翅膀的天使。」他說：「妳因為一些不好的事情而傷了羽翼，不過，沒關係。妳來到人間了，妳不需要再保護誰。」

他說得好像真的有那麼一回事一樣，雖然很不可思議，但她不自覺癡癡地聽了下去。

「就算沒有翅膀，也可以赤腳前進。由絲綢鋪成的路，一定更適合妳的人生。」

她忍不住笑，「人生怎麼可能那麼順利？」

「也對，那……」

他的聲音拉得太長，未央好奇地回頭看，卻被他濕潤的手勾住下巴。

「唔……」

她被他吻住，赤裸的肌膚加深了兩人的心跳，她幾乎無法克制自己深陷其中，忍不住轉身抱住了他。眼前的他被白色蒸氣渲染得迷迷茫茫，內心的理智也跟著消散了。

江聿諾離開她的唇，在她找到空隙喘息的時候將她整個人打橫抱起。

「啊！」

熱燙的水沿著肌膚落下，濺起溫潤的水波。

他低聲說：「人生中不好走的路，就讓我抱著妳走吧。」

「……」未央迷濛地看著他，面露微紅。

他輕笑，拿起一旁的浴巾替她稍微擦乾身子，便將她抱出浴室，輕柔地讓她躺在床上。

冰冷的空氣讓她的理智暫時回溫，當她準備起身時，江聿諾卻擋住了她的去處。

「妳想去哪裡？」

「……」他的瞳孔鎖著她，她什麼都說不出口。

他靠近她，輕輕吻上她的耳朵，「……未央，我今天可沒打算讓妳逃喔。」

他究竟在說什麼，她已經不清楚了，她只知道自己的意識逐漸模糊，唯一能感覺到的，只有如雨點般落在她身上的熱烈親吻……

妳為守護丟失羽翼，但我願陪妳赤腳走過人間。無論是絲綢或末路，有我與妳並肩。

Extra 02 遺落思念的你

那個女孩美得像洋娃娃，眼神卻很冷漠。

他是第一次遇見這樣的孩子，其他孩子也是。沒有人敢跟她說話，他一開始也是。但是，院長說每個孩子都是善良的，所以他主動去親近了她。

他走近她的時候，她正坐在後院看花。

「……是誰？」

她很敏銳，迅速望向他所在的方向。她的及腰長髮像棉花糖一樣鬆軟，在青翠的草地上溫柔輕拂。那一刻，陽光從她身後照進他眼中，她像個沒有翅膀的天使。

「我叫程頤，讀國中，平常都在這邊幫忙。」他忍不住露出像她一樣美好的微笑，「妳是未央嗎？」

「對。」女孩眨了眨長睫毛，「哥哥你好。」

她意外是個有禮貌的孩子，程頤伸手摸了下她的頭，「來這裡還習慣嗎？要不要進屋子跟大家一起玩？」

他一下子丟了兩個疑問給她，不曉得是答不出來還是不願回答，未央盯著他看了幾秒，開口提起另一件事：

「大家……大家都沒有爸爸媽媽，對嗎？」

他愣了一下，想起院長似乎有說過未央不是孤兒，只是暫時被託付來這裡，每天晚上都會回家，跟其他沒有爸媽的孩子不同。

程頤放深目光，望著那張彷彿什麼都沒有在思考的臉，「……我們都是小朋友的家人喔。」

聽了，她抿緊稚嫩的唇，好一會兒才對他微笑。

他第一次見到她笑，卻非常寂寞。

「我也想要……」

「想要什麼？」

她抓緊連衣裙的裙襬，「大家看起來都好高興，我不知道要跟他們說什麼。」

她似乎還不大會表達自己的意思，只是寂寞地看著他。

程頤也不懂，直到那天他見到未央的爸爸來接她。

對方的氣色很差，全身都是泥土和灰塵，也不牽著未央，自顧自地走在前頭。離開前，程頤笑著跟未央揮了揮手，她回頭看了他一眼，提起嘴角對他笑。

很乖巧，卻也孤清。

當晚，他跟院長稍微探聽了一下未央的事，才知道她的單親爸爸長年酗酒，有一份不是很穩定的工作，不僅沒時間顧小孩，精神狀況也不是很好。

那時候，他才終於明白未央那天在說什麼。

她雖然有家人，卻沒有這邊的孩子來得快樂。

她下意識認為自己和他人不同，因此畏懼敞開心房。

「……妳很耀眼，所以，試著往前吧。」他在心裡這麼對她說。

他在尚未成熟的日子裡守著她，卻沒預料到彼此之間產生的變化。

那年，她十二歲，他十七歲，已經不是能正大光明對哥哥撒嬌的彆扭年紀，而他也不再能將妹妹單純看待。

他們都明白，但誰也不能說。

不過，沒關係。他們還有很多時間。

未央一直都是這麼想的，未來很遠，但他一定能夠參與，「程頤哥哥，我快要讀國中了！你要送我什麼禮物嗎？」

「竟然還跟我要禮物？」他忍不住捏她臉頰，「好吧！畢業那天送妳。」

「耶！」

她高興地抱住他，而程頤摸了摸她的頭，像對待一個女孩一樣。

不是妹妹，一直都不是。

他一直都知道，因此想送她一個特別不一樣的禮物。

但是，在她還沒畢業前，他就從父母那裡迎來了一個壞消息——

程家要移民到美國了。

「……這就是要給我的禮物嗎？」

那天下午，未央站在三樓的教室外面，平靜地望著他。

程頤忍住情緒，把藏在身後的藍色氣球給了她，「……這個才是禮物。」

她木然接下，沒有說話。

「未央，我會再回來看妳。」他只能這麼說。

「你騙人。」

「我沒有騙妳，我一定會回來。」他握住她的手，也握住那條連著氣球的線，「抓好喔！放開的話就會飛走。妳要好好守護它，直到我們再見面之前，都不可以放開。」

未央還是沒有說話，滾燙的淚珠盈滿她眼眶，最後，他還是忍不住抱住了她。緊握的指尖傳來疼痛。四周太安靜了，胸口的碎裂聲卻清晰可聞。

「未央，我……」

我喜歡妳。

「我會回來的。」他在她耳邊輕聲說。

「我……」

我喜歡你。

「我等。」她終於止住淚水，「但是，你不能騙我。」

「嗯，好。」程頤對她微笑。

再次見到她的時候，她果然成了一個亭亭玉立的少女。

她看起來有點疲倦，嘴角卻是溫柔的笑。

那就是未央，所有情緒都帶著溫柔。

「學校生活好嗎？」
「妳的哥哥還那麼辛苦嗎？」
「爸爸有欺負妳嗎？」
「妳……」
他斂下目光，伸出手，觸碰她冰涼的臉頰。
「妳想我嗎？」
她一句話都沒說，雙瞳平靜地直視前方。然後，彎下身來放了一束花。
「程頤哥哥，我要回去了。」她說。
他愣了一下，想抓住她的手，但她轉頭看了不遠處的男孩一眼，又回過身來。
「抱歉，這個氣球不能給你。我本來想把它給你的，但，好像已經有人認領了。你看到那傢伙了吧？他有點驕傲，又很愛捉弄人，跟溫柔的你完全不一樣，不過……」
不過？
他緩緩收回手，意識到自己終究不能碰觸她。
「我喜歡他。」未央抿起一抹遺憾的笑意，「程頤哥哥，你不用再擔心我了。」
「是嗎……」
這些年來，他帶走了很多東西。帶走她的笑容，也帶走他們曾經小心翼翼守護的祕密。
卻始終把思念留在她身邊。
而現在，總是需要人照顧的小未央，已經不需要他擔心了。從今以後，會有另一個人替他守在她身邊。

所以，他是時候離開了。

他閉上雙眼，身後的羽翼如同他微微顫動的眉睫，遺憾地，輕輕拍了幾下。

「還有……」未央忽然仰望天空，像是在注視他。

他再次睜開眼，對上她溫柔目光。

「我之前不是說沒見到你就要忘記你嗎？我的確是沒見到你，也不可能會見到你，但，我決定收回那句話。既然某人對我下了戰帖，那我也不需要顧慮了。」

那抹笑容漸漸堅定，他看得目不轉睛。

「不會忘的。程頤哥哥，不管過了多久，我都不會忘記你。」她像是在立下誓言。

他們的確都不該再執著了，她有她該走的路，他也有該劃下的句點。就算錯失了彼此的時光，記憶也永遠存在。

並且在思念彼此時，閃閃發亮。

「……謝謝妳。」終於，他也能結束多年的等待。「未央，我也不會忘記妳。」

永遠不會。

你在天堂遺落了自己，但我不曾丟失思念。無論夜晚或天明，你振翅而飛的聲音始終清晰。

【外章完】

後記

嗨嗨，親愛的小微光們！很高興又跟大家見面了！

這次帶來的是跟《薔薇鄰人》完全不同氛圍的故事，希望你們會喜歡。相信也有很多人注意到了，我讓《薔薇》的角色跟大家見了一下面，而且……暫定為之後作品的角色也被我偷偷放進去囉，這傲嬌孩子真的特級萌呀，姐姐願意把世界買下來送給你（變態）。

作為近年的第二本新書，我其實還是有些擔心啦，擔心大家喜愛它的程度比不上前作，畢竟薔薇大哥太帥了嘛，但我自己絕對是更喜歡這部作品的喔！更別說那段出國的劇情，可是我特地採訪我那去美國遊學的帥閨蜜才寫出來的（她叫我一定要告訴大家）。

在《思念》的故事中，每個角色都有溫度。他們不完美，甚至陰暗，但向前走的過程很溫暖。參與不完美的人生，就像是走進一段撫平傷痛的旅程。正是因為在乎，我們才會為了某個人拼命煩惱、擔憂，甚至憤怒，無論喜憂，那都是我們愛著那個人的證明。

在這裡，我也要再度感謝秀威出版社和我的萬能責編齊安！感謝他們同樣給了我機會，還有很多的資源，讓我把《思念》的故事以這麼美麗的狀態帶給大家！每一次的作品都和我一起費盡了心思，添加滿滿誠意！看到美美的贈品了嗎？我心中的未央就是那樣子的，我也特別讓她穿上在微電影飾演女高中生的制服，是不是青春無敵？贈品名「作戲」也是這樣來的。超感謝繪師哈尼正太郎的巧手，看到圖的瞬間簡直歡騰三天三夜，美圖不科學啊。就連封面，也邀請到人美又大方的鄭伊倪小姐擔任模特兒喔！從裡到外都是我們準備給大家的滿滿心意。

當然，我最最最最最感謝的就是你們！謝謝你們支持著我，不管是買書支持也好，留言打氣也好，或是跑到簽書會、同人場來認親也好，我都深深放在心底，也覺得非常幸福！因此，我也會更努力地成為一個值得大家支持的作者！

看完故事之後，也歡迎到我的粉專參加活動、分享心得喔！沒事其實也可以敲我，畢竟我是一個話嘮，而且在趕稿之餘跟你們聊聊天也是一種小確幸啊。（妳並沒有在趕稿）

還有，我一定要強調！今年七月（暫定）我會跟繪師哈尼正太郎舉辦新書簽名會，詳細時間請密切注意我們的粉絲專頁，到時候也有禮物準備給大家，一定要來喔！

我真的不是一個會講什麼大道理的作者，後記也寫得如此隨性像是臉書動態……但，你們懂我的！（並不懂）

我們下一本作品再見啦！愛你們啾啾啾！

凝微表示最近胖了不少

要青春15　PG1630

要有光
FIAT LUX

思念未歸

作　　者	凝　微
責任編輯	喬齊安
圖文排版	周妤靜
封面設計	單　宇

出版策劃	要有光
製作發行	秀威資訊科技股份有限公司
	114 台北市內湖區瑞光路76巷65號1樓
	電話：+886-2-2796-3638　傳真：+886-2-2796-1377
	服務信箱：service@showwe.com.tw
	http://www.showwe.com.tw
郵政劃撥	19563868　戶名：秀威資訊科技股份有限公司
展售門市	國家書店【松江門市】
	104 台北市中山區松江路209號1樓
	電話：+886-2-2518-0207　傳真：+886-2-2518-0778
網路訂購	秀威網路書店：http://www.bodbooks.com.tw
	國家網路書店：http://www.govbooks.com.tw
法律顧問	毛國樑　律師
總 經 銷	易可數位行銷股份有限公司
	地址：231新北市新店區寶橋路235巷6弄3號5樓
	電話：+886-2-8911-0825　傳真：+886-2-8911-0801
	e-mail：book-info@ecorebooks.com
	易可部落格：http://ecorebooks.pixnet.net/blog

出版日期	2017年6月　BOD一版
定　　價	280元

Printed in Taiwan

國家圖書館出版品預行編目

思念未歸 / 凝微著. -- 一版. -- 臺北市 : 要有光, 2017.06

面； 公分. -- (要青春 ; 15)

BOD版

ISBN 978-986-94298-9-4(平裝)

857.7 106007252

讀者回函卡

感謝您購買本書，為提升服務品質，請填妥以下資料，將讀者回函卡直接寄回或傳真本公司，收到您的寶貴意見後，我們會收藏記錄及檢討，謝謝！

如您需要了解本公司最新出版書目、購書優惠或企劃活動，歡迎您上網查詢或下載相關資料：http:// www.showwe.com.tw

您購買的書名：________________________________

出生日期：________年________月________日

學歷：□高中（含）以下　□大專　□研究所（含）以上

職業：□製造業　□金融業　□資訊業　□軍警　□傳播業　□自由業

□服務業　□公務員　□教職　□學生　□家管　□其它_____

購書地點：□網路書店　□實體書店　□書展　□郵購　□贈閱　□其他

您從何得知本書的消息？

□網路書店　□實體書店　□網路搜尋　□電子報　□書訊　□雜誌

□傳播媒體　□親友推薦　□網站推薦　□部落格　□其他__________

您對本書的評價：（請填代號　1.非常滿意　2.滿意　3.尚可　4.再改進）

封面設計____　版面編排____　內容____　文／譯筆____　價格____

讀完書後您覺得：

□很有收穫　□有收穫　□收穫不多　□沒收穫

對我們的建議：________________________________

____

____

____

請貼
郵票

11466
台北市內湖區瑞光路 76 巷 65 號 1 樓
秀威資訊科技股份有限公司 收
BOD 數位出版事業部

（請沿線對折寄回，謝謝！）

姓　名：＿＿＿＿＿＿＿＿　年齡：＿＿＿＿　性別：□女　□男

郵遞區號：□□□□□

地　址：＿＿＿＿＿＿＿＿＿＿＿＿＿＿＿＿＿＿＿＿

聯絡電話：(日) ＿＿＿＿＿＿＿＿＿＿ (夜) ＿＿＿＿＿＿＿＿＿＿

E-mail：＿＿＿＿＿＿＿＿＿＿＿＿＿＿＿＿＿＿＿＿